F. Scott Fitzgerald

Gatsby le Magnifique

1925

JDH Éditions
Les Atemporels

Les Atemporels

Qu'il s'agisse d'œuvres du vingtième siècle, du dix-neuvième, du dix-huitième ou encore plus tôt…

Qu'il s'agisse d'essais, de récits, de romans, de pamphlets…

Ces œuvres ont marqué leur époque, leur contexte social, et elles sont encore structurantes dans la pensée et la société d'aujourd'hui.

La collection « Les Atemporels » de JDH Éditions, réunit un choix de ces œuvres qui ne vieillissent pas, qui ont une date de publication (indiquée sur la couverture) mais pas de date de péremption. Car elles seront encore lues et relues dans un siècle.

La plupart de ces atemporels sont préfacés par un auteur ou un penseur contemporain.

Édition : JDH Éditions
77600 Bussy-Saint-Georges. France
Imprimé par BoD – Books on Demand, Norderstedt, Allemagne

Dossier documentaire et illustrations originales : Yoann Laurent-Rouault (Cat's Society : *yvlr2@outlook.fr*)

Traduction et adaptation de l'anglais : Clémentine Vacherie

Réalisation et conception couverture : Cynthia Skorupa

ISBN : 978-2-38127-311-2
ISSN : 2681-7616
Dépôt légal : septembre 2023

Dossier documentaire illustré par Yoann Laurent-Rouault

Scott Fitzgerald, portrait au feutre et PAO, Yoann Laurent-Rouault

Gatsby le Magnifique

L'année 1925

1er janvier : la capitale de la Norvège Christiania reprend son ancien nom : Oslo. 27 février : le NSDAP, à nouveau autorisé, est reconstitué. Hitler en prend la tête. 10 mars : Chypre devient une colonie de la couronne britannique. 10 avril : la ville de Tsaritsyne est renommée Stalingrad. 26 avril : Paul von Hindenburg devient président de la République de Weimar. 28 avril : Winston Churchill, chancelier de l'Échiquier, annonce le retour du Royaume-Uni à l'étalon-or. 29 mai : disparition de l'explorateur Percy Fawcett en Amazonie. 10-21 juillet : procès du singe à Dayton. Le procès Scopes Monkey Trial est un procès qui eut lieu dans le Tennessee, plus précisément à Dayton, et qui opposa les fondamentalistes chrétiens aux libéraux. Le jugement a vu la condamnation de John Thomas Scopes, professeur de l'école publique de Dayton soutenu par l'Union américaine pour les libertés civiles, au versement d'une amende de 100 dollars pour avoir enseigné la théorie de l'évolution à ses élèves en dépit d'une loi de l'État du Tennessee, le *Butler Act*, interdisant de nier « *l'histoire de la création divine de l'homme, telle qu'elle est enseignée dans la Bible* ». Le procès, qui était médiatisé par les libéraux pour faire abolir le *Butler Act*, a connu une résonance dans tout le pays, et pour finir, le *Butler Act* restera en vigueur jusqu'en 1967. 18 juillet : première édition de *Mein Kampf*. 5-16 octobre : accords de Locarno : l'Allemagne, la France, la Belgique, la Grande-Bretagne et l'Italie garantissent les frontières occidentales de l'Allemagne, de la Belgique et de la France. Ils visent à assurer la sécurité collective en Europe. 12 octobre : traité de commerce entre l'Allemagne et l'Union soviétique. 3 décembre en Espagne : la junte militaire est remplacée par un directoire civil. 12 décembre : ouverture du tout premier motel à San Luis Obispo en Californie. 18-31 décembre, URSS : XIVe congrès du PCUS ; adoption de la thèse du socialisme dans un seul pays gouverné par Joseph Staline.

Charleston, dessin original d'après archive, montage PAO, Yoann Laurent-Rouault

Francis Scott Key Fitzgerald

L'écrivain est fréquemment honoré du titre de chef de file de la «*génération perdue*» et représente à lui seul les années folles dans l'inconscient collectif. L'expression «*génération perdue*» est attribuée à Gertrude Stein, la poétesse amie des arts et influenceuse féministe, qui l'utilisait pour décrire ce groupe d'auteurs américains expatriés à Paris durant l'entre-deux-guerres.

Le mouvement «*génération perdue*» compte parmi ses membres Ernest Hemingway et Francis Scott Fitzgerald, qui sont les plus emblématiques, mais aussi John Steinbeck, John Dos Passos, Ezra Pound, Sherwood Anderson, Waldo Peirce, Sylvia Beach, Thomas Stearns Eliot et Gertrude Stein elle-même. Fitzgerald est aussi un des acteurs du départ de carrière d'un monstre sacré de la littérature américaine et de l'histoire du XXe siècle, à savoir Ernest Hemingway. La *génération perdue* est voyageuse et fuit les États-Unis à cause des bouleversements sociaux et des crises financières qui s'y multiplient durant ces années 20, et peut-être aussi parce que le dollar US leur permet de vivre mieux à l'étranger. Du moins, au départ. C'est par exemple au célèbre café de Flore à Paris que Fitzgerald et Hemingway se rencontreront et fréquenteront aussi Malraux ou Éluard un peu plus tard. Hemingway, qui sera en couple dans la décennie suivante avec la prodigieuse Martha Gellhorn, avec qui il couvrira la guerre d'Espagne en compagnie de Dos Pasos, entre autres. Journaliste, correspondante de guerre et écrivaine, l'intrépide romancière américaine, amie personnelle d'Éléonore Roosevelt, séduira l'inconstant Ernest Hemingway par son talent et son opportunisme journalistique, et peut-être aussi par la liberté de ses mœurs. En tant que journaliste, elle couvrira tous les grands conflits mondiaux du XXe siècle, de la guerre d'Espagne à l'invasion du Panama par les États-Unis en passant par le D-Day. Les deux auteurs seront les témoins privilégiés des grands évènements du XXe siècle, et leurs témoignages seront inestimables, jusque dans les prémices de la Chine communiste de Mao, et pour Martha jusqu'en 1989 avec la guerre du Panama, qu'elle couvrira à l'âge de 81 ans. Je profite de ce court passage pour rendre hommage à cette formidable femme.

Le roman le plus célèbre de Scott Fitzgerald est, surtout cinématographiquement parlant, le fameux *Gatsby le Magnifique*, un succès planétaire, qui fut adapté aussi au théâtre, en comédie musicale et à la télévision. Le retentissement du livre dans la culture populaire mondiale est sans fin, jusque dans des films d'animation, la bande dessinée et les séries télévisées à succès, encore de nos jours. Jusqu'aux jaunes *Simpson* de Matt Groening et jusqu'à la série *Friends*. De même qu'aucun spectateur ne pourra oublier la prestation de Robert Redford ni celle de Léonardo DiCaprio dans le rôle-titre. Ni les larmes discrètes des jeunes femmes dans les salles de cinéma et encore moins la frénésie de la dernière version cinématographique à succès du roman.

Voici maintenant, selon les ventes et le retentissement des œuvres à l'international, les principaux succès de l'écrivain : *L'Envers du paradis*, roman paru en 1920, *Beaux et damnés*, roman paru en 1922, *L'Étrange Histoire de Benjamin Button*, nouvelle parue en 1921 (qui sera magnifiquement adaptée par David Fincher et sortira en 2008 avec Brad Pitt dans le rôle, qui naît vieux et qui rajeunit au fil des années, et Daisy, sous les traits de Cate Blanchett, qui vit une histoire d'amour avec lui tout au long de sa vie), puis *Tendre est la nuit*, un roman paru en 1934, et enfin *Le Dernier Nabab* (roman inachevé de 1941).

Biographie

Francis Scott Key Fitzgerald est né le 24 septembre 1896 à Saint Paul, dans le Minnesota, dans une famille de la petite bourgeoisie. Ses trois prénoms lui sont donnés en hommage à son lointain parent Francis Scott Key, poète et avocat, qui est le parolier de l'hymne national américain, *The Star-Spangled Banner*.

Son père, Edward Fitzgerald, est d'origine relativement modeste. À la naissance de son fils, il est directeur d'une manufacture de meubles qui fera faillite rapidement. Il sera ensuite commis voyageur. Plus tard, son fils le décrira comme un homme raté et sans ambition.

Sa mère, Mary McQuillan, est fille d'un homme d'affaires d'origine irlandaise ayant fait fortune pendant la guerre de Sécession. Élevée au couvent, puis à New York, elle voyagera en Europe pour parfaire une éducation soignée et bourgeoise.

L'écrivain fera une autre allusion à son enfance, à la fin de sa vie, en interview, en déclarant : « *Trois mois avant ma naissance, ma mère perdit ses deux autres enfants et je pense que ce double décès est la première chose qui m'advint, bien que je ne sache pas exactement comment. Je pense que c'est à partir de ce moment-là que je commençai à être un écrivain.* »

Les déconvenues professionnelles de son père sont compensées par l'argent hérité par sa mère. Ainsi, le jeune Scott ne souffre pas de carences éducatives ou affectives. Il devient élève de l'école privée Saint-Paul Académie réputée en son temps dans l'État du Minnesota. Scott découvre la littérature et ce qu'elle représente pour lui alors. Il dévore tout ce qui lui tombe sous les yeux dans les bibliothèques. Passionné, amusé, curieux, il prend la plume et commence à écrire des poèmes et des nouvelles qu'il publie dans le journal de l'établissement où il est inscrit en 1911 : l'école

Newman dans le New Jersey. Autre établissement huppé. Jeune dandy, cultivant différence et originalité, lettré et bien éduqué, juste avant l'initiatique passage à l'université, le monde lui appartient.

Universitaire à Princeton

Scott rêvait de Princeton, de sa renommée et de son corporatisme. Les études supérieures aux États-Unis coûtent cher. D'autant plus quand l'université est renommée. Et être diplômé de Princeton, de Yale ou de l'université de New York peut changer la donne de départ. C'est un monde d'argent et de relations qui fascine le jeune homme. Mais, d'après ses biographes, c'est sa prétention et son immaturité qui l'excluront rapidement de la société estudiantine sélective et précieuse de Princeton. L'école est sérieuse tout autant que traditionaliste. On apprend en lecture des œuvres concernées, quelques détails qui auront pourtant un impact certain sur les futurs choix et le comportement futur de l'auteur. Par exemple que ses efforts pour intégrer l'équipe de football de l'université se révéleront vains et que l'échec le marquera toute sa vie. En deuxième année, il parviendra à mieux s'intégrer dans le microcosme universitaire, armé de sa plume et de sa volonté d'écrire et de publier. Il obtiendra même quelques colonnes dans les journaux de l'université. Il participera aussi à l'écriture d'une comédie musicale du *Princeton Triangle Club* et prêtera sa plume au magazine humoristique *Princeton Tiger* et au *Nassau Literary Magazine.* Scott, fasciné par les arts et le journalisme littéraire, négligera en conséquence ses études et quittera Princeton sans en être diplômé. Autre échec mâtiné d'un dégoût naissant pour cette société américaine bourgeoise par trop enferrée dans ses convictions.

Love Army

L'armée est la plus à même de réaliser ses rêves de gloire, car le jeune homme est pétri de récits héroïques de vies romantiques et aventureuses. Il s'y engage à l'entrée en guerre des États-Unis lors de la Première Guerre mondiale, sous l'impulsion du président Woodrow Wilson en avril 1917. L'opinion américaine envers l'Allemagne était déjà plus que négative, et ce malgré la neutralité affichée par le gouvernement du pays depuis 1915. La guerre sous-marine que menait l'Allemagne contre les Alliés avait fini par toucher des bâtiments américains et notamment des bateaux de croisière, faisant de nombreuses victimes. L'idée de Wilson était « *de mener une guerre pour mettre fin à la guerre* », ce qui se traduisait en France par l'expression : la der des ders. L'entrée en guerre des États-Unis sauva les Alliés du retrait des troupes russes du front de l'Est pour cause de révolution.

Scott doit faire ses classes dans la jeune armée américaine, il ne débarquera pas avec les troupes de 1917 à Saint-Nazaire ou sur d'autres ports français. Mais en juin 1918, il est envoyé à Camp Sheridan, près de Montgomery, en tant que sous-lieutenant. C'est là qu'il tombe amoureux de l'excentrique Zelda Sayre, âgée de dix-huit ans. Lui a 22 ans. C'est pour la conquérir qu'il écrit l'ébauche de ce qui sera son premier roman : *Le Romantique Égotiste*.

Une cour endiablée s'ensuivra, mais, malgré la confession des sentiments de l'écrivain à la belle tourterelle, elle continuera de fréquenter d'autres hommes pendant ce temps. Leur relation annoncera déjà un futur tant épicé que mouvementé. Fitzgerald soupçonne des infidélités prononcées de Zelda, alors qu'elle lui soutient qu'elle l'aime, cils battants et regard franc. Mais le jeune officier, pris dans des filets comparables à ceux de l'exercice martial, finira par conclure.

En attendant, il écrit. Après quelques refus d'éditeurs, il signera un roman en juillet 1919 sous le titre de *L'Envers du paradis*, qui sortira en librairie le 26 mars 1920. Le roman connaîtra un énorme succès et fera de son auteur le représentant de toute une génération, celle de *l'Ère du Jazz*. Sur fond de prohibition et d'émancipation raciale comme de mélange des genres. Les retombées financières permettent à l'écrivain d'épouser Zelda. Et d'enfin vivre la vie qu'il voulait vivre.

Le jeune couple s'installe d'abord à New York, où il rencontre les plus grands hommes de lettres américains de l'époque. Par la suite, ils effectuent de nombreux voyages, notamment en Europe. Ils émigrent en France, à Paris puis sur la Côte d'Azur, où ils fréquentent entre autres l'hôtel du Cap Eden Roc à l'été 1922. Mais les fêtes sans fin et les quantités incroyables d'alcool qu'ils absorbent quotidiennement commencent à dégrader le couple. Ils dépensent presque tout l'argent que Scott gagne, soit 30 000 $ par an, ce qui représente une somme considérable pour l'époque. Après *Beaux et damnés*, Fitzgerald écrit sur la Côte d'Azur ce qui est considéré comme son chef-d'œuvre, *Gatsby le Magnifique*. À la parution de *Gatsby le Magnifique*, en avril 1925, malgré les bonnes critiques, les ventes ne décollent pas vraiment. Les revenus s'en ressentent. Et cela oblige l'écrivain à continuer d'écrire des nouvelles, que le *Saturday Evening Post* et d'autres journaux lui achètent à bon prix. Il écrira : *Les riches sont des gens différents des autres*. Scott est soucieux d'affirmer son statut. Héritier de par sa mère, ancien étudiant de Princeton, officier, écrivain à succès... mondain et décalé, peut-être moins passionné par son art, il sombre peu à peu dans une zone de dépression.

Après l'aventure de Zelda avec un aviateur français rencontré sur la Riviera, Scott perd définitivement sa bonne humeur et devient invivable, selon les témoignages recueillis sur cette période. Autre fêlure du couple, son succès relègue Zelda à un rôle secondaire en totale contradiction avec sa nature volontaire et progressiste. Elle fait partie de ces femmes d'artistes et de célébrités qui ont refusé, déjà à l'époque, le rôle très secondaire d'épouse « du grand homme » pour n'être rien d'autre. Les efforts soutenus de Zelda pour atteindre la célébrité, que ce soit en danse, en écriture, ou même en peinture, se révèlent vains. Pour son malheur, la jeune femme promène avec elle quelques problèmes psychologiques qui affectent un peu ses talents et ses relations, comme son couple, par voie de conséquences. Le diagnostic sera la schizophrénie. Dès la fin de 1926, Scott est appelé par Hollywood où il tente d'entamer une carrière de scénariste, qui, d'ailleurs, ne sera pas couronnée de succès. Zelda, quant à elle, sombre psychologiquement et se retrouve internée successivement dans des hôpitaux et cliniques psychiatriques. Scott ? Lui se débat entre ses problèmes financiers, son alcoolisme et son succès décroissant. Le métier de scénariste ne lui convient pas. Pas plus qu'Hollywood.

C'est pourtant à Hollywood, le 21 décembre 1940, que Scott Fitzgerald meurt d'une crise cardiaque. Il laisse inachevé le prometteur roman *Le Dernier Nabab*. Zelda meurt 8 ans plus tard, dans l'incendie qui ravagera le sanatorium d'Asheville, où elle est internée.

Dessin et montage PAO d'après l'album du film *The Great Gatsby*,
Yoann Laurent-Rouault

Œuvres

Romans

1920 : *L'Envers du paradis* (*This Side of Paradise*)
1922 : *Les Heureux et les Damnés* (*The Beautiful and Damned*)
1925 : *Gatsby le Magnifique* (*The Great Gatsby*)
1934 : *Tendre est la nuit* (*Tender is the Night*)
1941 : *Le Dernier Nabab* (*The Last Tycoon*) – inachevé, publié en 1941

Recueils de nouvelles – Éditions en anglais

1920 : *Flappers and Philosophers*
1922 : *Tales of the Jazz Age*
1926 : *All the Sad Young Men*
1935 : *Taps at Reveille*
1960 : *Babylon Revisited and Other Stories*
1962 : *The Pat Hobby Stories*
1973 : *The Basil and Josephine Stories*
1989 : *The Short Stories of F. Scott Fitzgerald*
2017 : *I'd Die For You. And Other Lost Stories (Simon & Schuster)*

Recueils de nouvelles – Éditions en français

2017 : *Je me tuerais pour vous. Et autres nouvelles inédites*, Grasset-Fayard
2016 : *La fêlure et autres nouvelles*, Folio
2014 : *Magnétisme et autres nouvelles*, traduction Thierry Gilbœuf, Éditions de la Nerthe

Nouvelles

1920 : « Head and Shoulders »
1920 : « The Camel's Back »
1920 : « Bérénice se fait couper les cheveux » (« Bernice Bobs Her Hair »)

1920 : « Le Palais de glace » (« The Ice Palace »)
1920 : « Ceux qui sourient » (« The Smilers »)
1920 : « Le Premier Mai » (« May Day »)
1920 : « Le Pirate de haute mer » (« The Offshore Pirate »)
1921 : « L'Étrange Histoire de Benjamin Button » (« The Curious Case of Benjamin Button »)
1922 : « Un diamant gros comme le Ritz » (« The Diamond as Big as the Ritz »)
1922 : « La Lie du bonheur » (« The Lees of Happiness »)
1922 : « Rêves d'hiver » (« Winter Dreams »)
1923 : « Dice, Brassknuckles & Guitar »
1924 : « Absolution » (« Absolution »)
1925 : « Un goûter d'enfants » (« The Baby Party »)
1925 : « L'un de mes plus vieux amis » (« One of My Oldest Friend »)
1925 : « The High Cost of Macaroni »
1926 : « Le Garçon riche » (« The Rich Boy »)
1928 : « Magnétisme » (« Magnetism »)
1928 : « The Freshest Boy »
1929 : « La Dernière Jolie Fille » (« The Last of the Belles »)
1930 : « Le Mariage » (« The Bridal Party »)
1930 : « Deux erreurs » (« Two Wrongs »)
1931 : « A New Leaf »
1931 : « Retour à Babylone » (« Babylon Revisited »)
1932 : « Un dimanche de fous » (« Crazy Sunday »)
1935 : « The Fiend »
1937 : « La Longue Fuite » (« The Long Way Out »)
1938 : « Les Finances de Finnegan » (« Financing Finnegan »)
1941 : « Trois heures entre deux avions » (« Three Hours Between Planes »)

Essais

1945 : *L'Effondrement* (*The Crack-Up*) publication 1934-1936, magazine *Esquire*
2005 : *My Lost City: Personal Essays*, 1920–1940

Théâtre

1923 : *Un légume* (*The Vegetable, or From President to Postman*)

Poésie

1996 : *Mille et un navires*, traduction de Patrick Hersant, Belles Lettres
2013 : 4 poèmes, traduction de Philippe Blanchon, dans *L'Étrangère* 31/32 :
« La lettre volée »
« Correspondance »
« Lettres à Zelda et autres correspondances »
« Fitzgerald père et fille, Lots of love » - lettres entre l'auteur et sa fille Scottie Fitzgerald Smith

Adaptations de ses œuvres

1920 : *The Chorus Girl's Romance* réalisé par William C. Dowlan, d'après la nouvelle « Heads and Shoulders ».
1920 : *The Husband Hunter* réalisé par Howard M. Mitchell, d'après la nouvelle « Myra Meets His Family ».
1921 : *The Off-Shore Pirate* réalisé par Dallas M. Fitzgerald.
1922 : *The Beautiful and Damned*, film muet réalisé par William A. Seiter d'après le roman éponyme, avec Kenneth Harlan et Marie Prevost.
1924 : *Grit* réalisé par Frank Tuttle.
1929 : *Pusher-in-the-Face* réalisé par Robert Florey.
1954 : *La Dernière Fois que j'ai vu Paris* (*The Last Time I Saw Paris*) de Richard Brooks d'après la nouvelle « Retour à Babylone ».

1962 : *Tendre est la nuit* réalisé par Henry King, avec Jason Robards et Jennifer Jones.
2008 : *L'Étrange Histoire de Benjamin Button* réalisé par David Fincher d'après la nouvelle éponyme, sorti en février 2009 en France.

Gatsby le Magnifique et le cinéma

1926 : *Gatsby le Magnifique (The Great Gatsby)*, réalisé par Herbert Brenon.
1949 : *Le Prix du silence (The Great Gatsby)*, réalisé par Elliott Nugent.
1974 : *Gatsby le Magnifique*, réalisé par Jack Clayton. Robert Redford joue Gatsby et Mia Farrow Daisy.
2013 : *Gatsby le Magnifique*, film de Baz Luhrmann avec Leonardo DiCaprio.

Dessin et montage PAO, Yoann Laurent-Rouault

Gatsby le Magnifique, le roman

The Great Gatsby a été traduit en français dès 1926. L'histoire se déroule à New York dans les années 1920. Il est souvent décrit comme le reflet des années folles dans la littérature américaine et aussi, dans un plus large spectre, comme une ode à l'amour et au « dandysme ». Il figure à la 2e place dans la liste des cent meilleurs romans de langue anglaise du XXe siècle établie par la Modern Library en 1998.

Publié le 10 avril 1925, il est édité à 75 000 exemplaires, mais il atteint difficilement les 25 000 exemplaires vendus à la mort de Fitzgerald à la fin de l'année 1940. Dès 1925, le livre est retiré des librairies pour défaut de lecteurs. Le 25 avril 1925, Maxwell Perkins, directeur littéraire aux Éditions Charles Scribner's Sons, écrit à Fitzgerald :

« *Quoi qu'il en soit, je crois que nous pouvons être sûrs que sitôt le tumulte et les vociférations de la foule des critiques et des échotiers apaisés,* Gatsby le Magnifique *s'imposera comme un livre tout à fait extraordinaire. Peut-être n'est-il pas parfait ! Mais mener à la perfection le talent d'un cheval somnolent est une chose, et c'en est une autre de maîtriser le talent d'un jeune et sauvage pur-sang.* »

Contre toute attente, le livre est réédité en 1934, et le tirage de 6 000 exemplaires rencontre le même insuccès. Pendant la crise des années 1930, puis avec la Seconde Guerre mondiale, il tombe pratiquement dans l'oubli. Le monde des années folles est enterré sous les bombes, les horreurs et le cortège ininterrompu des victimes du conflit. Scott ne le verra pas. Il décède avant même que les États-Unis entrent en guerre.

Dans les années 1950, il est à nouveau réédité, et trouve alors, rapidement, un grand cercle de lecteurs. La nostalgie de l'avant-guerre le sublime. Et certainement aussi l'envie de retrouver cette légèreté et cet amour de la vie, caractéristique des sorties de guerres.

Durant les décennies suivantes, il devient un texte couramment étudié dans les lycées et les universités du monde entier. Le cinéma s'en emparera avec le succès que l'on en connaît. L'énigmatique Gatsby séduira massivement les foules et le « style » si américain de Fitzgerald convaincra une Europe, et plus largement un monde, dominés désormais par la culture américaine, tant littéraire que musicale, qu'artistique.

Depuis 10 ans, le Prix Fitzgerald est la référence littéraire de la Côte d'Azur. Remis début juin, le prix Fitzgerald récompense un roman ou une nouvelle en langue française ou traduit de l'anglais « *reflétant l'élégance, l'esprit, le goût du style et l'art de vivre de l'écrivain américain F. Scott Fitzgerald* ». Le prix est remis à l'hôtel Belles Rives au Cap d'Antibes/Juan-les-Pins, lieu qu'occupèrent F. Scott et son épouse Zelda du temps où ce n'était encore que la villa Saint Louis et où il commença l'écriture de *Tendre est la nuit.*

Synopsis du roman

Raconté par un voisin devenu son ami, le roman tourne autour du personnage de Gatsby, jeune millionnaire au passé trouble qui vit luxueusement dans une villa toujours pleine d'invités. Par certains aspects, le livre peut paraître une critique complexe de la bourgeoisie, de son opulence et de sa superficialité, où chaque personnage est prêt à tout pour parvenir à ses fins. Nick Carraway, un jeune homme américain du Midwest atteignant la trentaine, se rend à New York pour travailler dans la finance comme agent de change. Par hasard, il trouve à louer une petite bicoque à Long Island, zone résidentielle très huppée et snob de la banlieue new-yorkaise. Sa demeure, presque invisible, est située dans West Egg entre deux énormes et luxueuses villas. De là, la vue est imprenable sur East Egg, l'endroit le plus cossu et sélect de toute la zone. C'est là qu'habitent Daisy, sa cousine germaine, et le mari de celle-ci, Tom Buchanan, issu de la même promotion que Nick à l'université de Yale. Nick se rend un soir chez les Buchanan, sur invitation de Daisy. Tom, riche colosse, bourru, paraît végéter auprès de Daisy, laquelle semble tout autant s'ennuyer avec son mari. Elle passe le plus clair de son temps avec son amie, Jordan Baker, joueuse de golf professionnelle. Nick, témoin de l'inconstance de Tom, de l'enlisement du couple qu'il forme avec Daisy, n'aurait guère d'intérêt à fréquenter les Buchanan s'il n'y avait le rapprochement de plus en plus sensible avec la belle Jordan. Celle-ci s'étonne qu'il ne connaisse pas Gatsby puisqu'il habite West Egg, comme elle, et qu'on ne parle que de cet homme à la richesse fabuleuse. Gatsby est justement son voisin. C'est lui qui possède l'immense maison très animée qui occulte celle, misérable, de Nick. Mais qui est Jay Gatsby ? D'où vient-il ? Que fait-il ? Les rumeurs les plus folles circulent sur son passé et l'origine de sa fortune. C'est ce que Nick brûle de découvrir lorsqu'un jour, il reçoit une invitation pour passer la soirée chez Gatsby. Une incroyable histoire va lier Nick, Tom, Gatsby, Jordan et Daisy pendant cet été 1922…

Personnages

Jay Gatsby : c'est un jeune millionnaire vivant dans une débauche de luxe et qui aime étaler sa richesse pour éblouir les autres. Mais il reste en retrait lors des réceptions. On apprend au fil du roman qu'il est issu d'une famille de fermiers pauvres et que sa fortune est vraisemblablement fondée sur des activités criminelles, notamment la contrebande d'alcool. Gatsby est obsédé par l'argent mais il est surtout dévoré par les sentiments qu'il éprouve pour Daisy, qu'il a connue cinq ans plus tôt, mais qui lui a échappé pendant qu'il était mobilisé à la guerre. C'est un amour obsessionnel. Gatsby est prêt à tout pour la reconquérir et cette passion devient dévorante, au point de le rendre inconsolable. Il mourra dans l'indifférence générale de ceux qui l'ont connu.

Nick Carraway : c'est le narrateur du roman et on suit aussi sa propre histoire dans ce livre. Il est honnête et tolérant, et il aime la littérature. Il sert souvent de confident et va se trouver mêlé à la vie de Gatsby, qui devient pour lui un véritable ami. Dans ce livre, Nick apparaît comme un observateur lucide de la société de l'époque, de la superficialité de la bourgeoisie et du pouvoir de l'argent sur les rapports humains.

Daisy Buchanan : c'est une lointaine cousine de Nick et l'épouse de Tom Buchanan. Elle est belle et riche Elle est attachée à sa vie de luxe, mais ne semble pas heureuse dans sa vie de couple avec son mari Tom.

Tom Buchanan : c'est le riche mari de Daisy. Il est brutal, arrogant, hypocrite, raciste, sexiste et n'hésite pas à tromper sa femme avec une certaine Myrtle. Il utilise sa richesse pour contrôler et dominer les autres. Lorsqu'il apprend la liaison entre sa femme et Gatsby, il réagit avec indignation.

Jordan Baker : c'est l'amie de Daisy. Cette belle jeune femme est golfeuse de haut niveau.

Zelda, feutre sur papier et montage PAO, Yoann Laurent-Rouault

Zelda

Zelda Sayre est née à Montgomery en Alabama. Zelda fut une icône des années 1920, surnommée la «*première garçonne américaine*» par son mari et elle fut accompagnée d'admirateurs célèbres. Après le succès du premier roman de Scott, *L'Envers du paradis*, le couple devint très connu. La presse américaine vit en eux l'incarnation des années folles et de l'âge d'or du jazz. Le duo était décrit comme talentueux, globe-trotter et mondain.

À la recherche de sa propre identité artistique, Zelda écrivit des nouvelles et des articles de magazine avant de devenir obsédée par une carrière de ballerine, pour laquelle

elle s'entraîna jusqu'à l'épuisement, mais sans succès ni reconnaissance, s'y prenant peut-être un peu tard et menant aussi une vie un peu trop mondaine et dissolue, contrariée par l'alcool et la nuit. Son mariage tumultueux, l'alcoolisme parallèle de Scott et sa propre instabilité croissante ne firent que précipiter son admission en sanatorium, dès 1930. On lui diagnostiqua une schizophrénie latente. Alors en traitement dans une clinique du Maryland, elle écrira un roman semi-autobiographique, *Accordez-moi cette valse*, publié en 1932. En 1936, Zelda fut internée dans l'hôpital psychiatrique Highland d'Asheville en Caroline du Nord.

Scott meurt à Hollywood en 1940, un an et demi après sa dernière rencontre avec Zelda. Elle consacrera les années suivantes à l'écriture d'un second roman, qu'elle ne finira jamais. Elle meurt à l'âge de 47 ans dans l'incendie de l'hôpital psychiatrique d'Asheville en Caroline. L'intérêt pour les Fitzgerald resurgit peu après sa mort : le couple devient le sujet privilégié d'essais, de livres populaires et de films. Après avoir été un emblème de l'âge d'or du jazz, des années folles et de la génération perdue, Zelda Fitzgerald trouva un nouveau rôle à titre posthume à la suite d'une célèbre biographie, écrite par Nancy Milford et parue en 1970, qui en fera une icône féministe.

Scott, Ernest et Zelda

Scott reçoit des louanges pour ses nouvelles et pour son grand roman *Gatsby le Magnifique*. Tout en fréquentant les grands noms littéraires de l'époque, notamment Ernest Hemingway, vous l'avez lu. Le couple qu'il forme avec Zelda, dès le départ, est miné par la jalousie et le ressentiment. Zelda est changeante et déçue de son propre parcours, et son mari est un opportuniste patenté. D'ailleurs, il se sert de leur relation pour nourrir son travail, cherchant « le sentiment vrai » et « l'émotion » dans les crises conjugales, et il ira jusqu'à violer son intimité intellectuelle et sentimentale en s'inspirant de lectures interdites, à savoir celles du journal intime de Zelda, ceci pour nourrir la psychologie des héroïnes de papier de ses propres romans.

Fitzgerald et Ernest Hemingway sont très bons amis. Zelda, tout au contraire, verra en Ernest « *un faux jeton* » et considérera « *son caractère machiste et dominateur comme une simple façade* ». Le ressentiment de Zelda pour Hemingway est peut-être dû à la jalousie. Une des ruptures les plus sérieuses entre Scott et Zelda a lieu quand cette dernière se convainc qu'Hemingway est « gay » et que Scott et lui ont une relation homosexuelle.

En 1924, durant un de leurs premiers et nombreux voyages en France, Zelda a une aventure avec un jeune pilote français de l'aéronavale. La situation est intolérable pour Fitzgerald et surtout douloureuse. Cela l'incite à enfermer Zelda au domicile conjugal pour l'empêcher de revoir le militaire. Il est possible que cette période « pénitencière » ait aggravé les troubles psychologiques de la jeune femme.

Elle écrit un certain nombre de nouvelles en 1925, mais beaucoup d'entre elles sont publiées sous le nom de son mari, ce qui aggravera aussi ses ressentiments à son égard. Scott s'inspira fortement de la personnalité intense de sa femme dans ses récits, elle dira : « *Il semble que j'ai reconnu sur une page un extrait d'un vieux journal intime qui a mystérieusement disparu peu de temps après mon mariage, ainsi que des fragments de lettres qui bien que considérablement modifiées m'apparaissent vaguement familières. En fait, M. Fitzgerald semble penser que le plagiat commence à la maison.* »

Son dernier psychanalyste, le docteur Irving Pine, a estimé qu'elle souffrait non de schizophrénie, mais d'un trouble bipolaire, qui ne fut, hélas, jamais convenablement soigné. Il émit aussi l'hypothèse, après sa mort, que *le harcèlement moral que lui infligeait son mari ainsi que les traitements psychiatriques eux-mêmes seraient à l'origine de ses nombreuses dépressions et crises de nerfs. Ses troubles de santé mentale auraient donc été exacerbés par des éléments exogènes.*

Œuvres de Zelda Fitzgerald

Roman

1932 : *Accordez-moi cette valse* (*Save Me the Waltz*), roman autobiographique

Nouvelles

1973 : « Éclats du Paradis » ou « Fragments du Paradis » (« Bits of Paradise »)

Recueil de nouvelles

1925 : *Notre Reine de Cinéma* (*Our Own Movie Queen*)
1929 : *Perdue dans la vie* (*The Original Follies Girl*)
1929 : *Fille du Sud* (*Southern Girl*)
1930 : *Celle qui plaisait au prince* (*The Girl the Prince Liked*)
1930 : *Celle qui avait du Talent* (*The Girl with Talent*)
1930 : *L'Amie du Millionnaire* (*A Millionaire's Girl*)
1931 : *Fin de Race* (*Poor Working Girl*)
1931 : *Miss Ella*
1932 : *Deux Américains à Paris* (*The Continental Angle*)
1932 : *Un couple de dingues* (*A Couple of Nuts*)

Conclusion

Nous voici donc arrivés au terme de ce dossier Atemporel sur Francis Scott Fitzgerald, avec, comme vous l'avez lu, quelques petits détours littéraires, non seulement sur l'œuvre présentement éditée, mais aussi sur l'énigmatique Zelda et « le monstre » Hemingway, autres légendes américaines.

À noter que, pour les éditions Memoria Books, est parue une version luxe de *Gatsby le Magnifique*, illustré en couleurs, avec 45 illustrations originales réalisées par mes soins.

Yoann Laurent-Rouault

auteur, illustrateur et directeur littéraire et artistique des éditions JDH

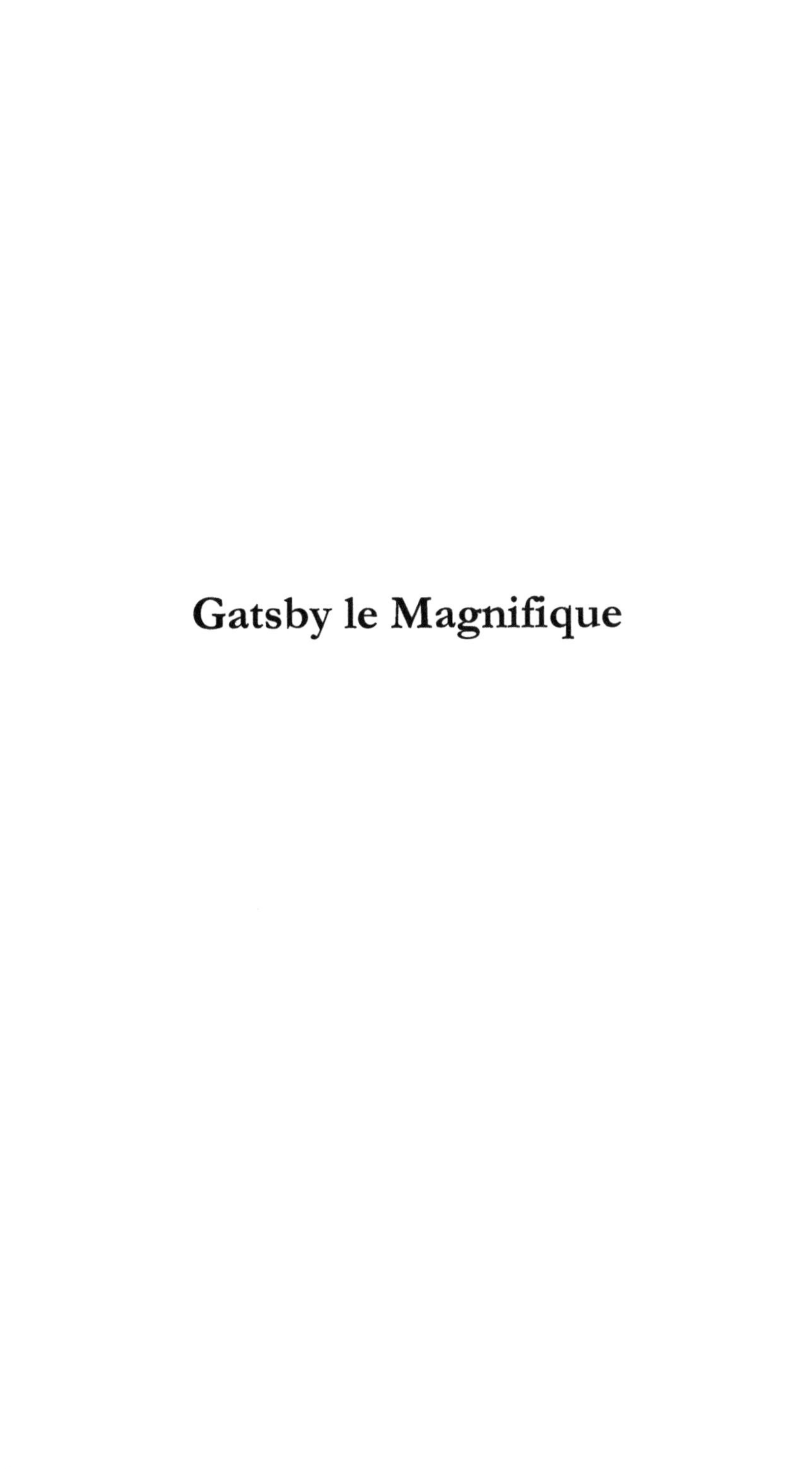

Gatsby le Magnifique

À ZELDA, DE NOUVEAU

Porte donc le chapeau d'or, si cela doit l'émouvoir ;
Si tu sais bondir très haut, fais-le également pour elle ;
Jusqu'à ce qu'elle s'écrie : « Amant porteur d'or, amant bondissant,
Tu dois être à moi ! »

Thomas Parke d'Invilliers

I

Lorsque j'étais plus jeune, et plus vulnérable, mon père me prodigua un conseil auquel je ne cessai de repenser depuis :

« S'il te prend l'envie de critiquer quelqu'un », m'avait-il dit, « n'oublie pas que tout le monde n'a pas bénéficié des mêmes avantages que toi. »

Il n'ajouta rien de plus, mais nous avions une communication généralement très réservée, et je compris que la phrase impliquait beaucoup plus de choses qu'elle n'en avait l'air. Par conséquent, j'ai tendance à me réserver de tout jugement, une habitude qui a conduit nombre de curieuses personnes à s'ouvrir à moi et qui m'a également valu d'être la victime de pas moins de raseurs chevronnés. Un esprit anormal décèle et s'attache rapidement à cette qualité lorsqu'elle apparaît chez une personne normale ; c'est la raison pour laquelle, à l'université, je fus injustement accusé d'être un politicien, car j'avais connaissance des peines secrètes d'hommes sauvages et inconnus. Je ne recherchais pas la plupart de ces confidences – je feignais souvent le sommeil, la préoccupation ou une hostile légèreté lorsque je me rendais compte, grâce à un signe caractéristique, qu'une intime révélation se profilait à l'horizon, car les révélations intimes des jeunes hommes – ou, en tout cas, les termes par lesquels ils les exprimaient – sont généralement des plagiats et gâchées d'évidentes omissions. Se réserver de jugements est une question d'espoir infini. J'ai toujours un peu peur de manquer quelque chose si j'oublie, comme mon père l'avait insinué avec snobisme, et comme je le répète avec tout autant de mondanité, que le sens des décences fondamentales est inégalement réparti à la naissance.

Or, après m'être largement vanté de ma tolérance, j'en arrive à la conclusion qu'elle a ses limites. Notre conduite peut se fonder sur un roc solide ou des marais humides, mais passé un certain point, peu m'importe ce sur quoi elle se base. Lorsque je revins de la côte est l'automne dernier, je sentais que je voulais que le monde portât un uniforme et se trouvât dans une sorte de garde-à-vous moral pour toujours ; je ne voulais plus d'excursions débridées avec des coups d'œil privilégiés dans le cœur humain. Seul Gatsby, l'homme qui prête son nom à ce livre, était exempt de cette réaction qui était la mienne – Gatsby, qui représentait tout ce envers quoi j'éprouve un total mépris. Si la personnalité est une série ininterrompue de mouvements réussis, il y avait quelque chose de magnifique en cet homme, quelque vive sensibilité aux promesses de la vie, comme s'il s'apparentait à l'une de ces machines complexes qui détectent les tremblements de terre 15 000 kilomètres plus loin. Cette réactivité n'a rien à voir avec cette molle impressionnabilité dignifiée par les termes « tempérament créatif » – c'était là un cadeau extraordinaire au service de l'espoir, une volonté romantique comme je n'en ai jamais vu chez qui que ce soit d'autre, et que je ne retrouverai sans doute jamais. Non – Gatsby finit par devenir bon ; c'est ce qui s'attaqua à Gatsby, l'infâme poussière qui flottait dans le sillage de ses rêves, qui me fit perdre mon intérêt pour les peines abortives et les joies au souffle court des Hommes.

***

Ma famille se composait de membres éminents et fortunés, établis dans cette ville du Middle West depuis trois générations. Les Carraway formaient un clan, en quelque sorte, et la tradition veut que nous descendions des ducs de Buccleuch, mais le véritable fondateur de ma lignée était le frère de mon grand-père ; il était arrivé ici en 1851, avait envoyé quelqu'un d'autre à sa place pour se battre lors de la guerre de Sécession, puis il avait démarré son entreprise de quincaillerie de gros que mon père fait encore perdurer aujourd'hui.

Je n'ai jamais vu ce grand-oncle, mais il paraît que je lui ressemble – à en croire son portrait plutôt sévère accroché dans le bureau de mon père. Je fus diplômé à New Haven en 1915, à peine un quart de siècle après mon père, puis, un peu plus tard, je participai à cette émigration teutonne retardée, plus connue sous le nom de la Première Guerre mondiale. Les contre-attaques me plurent tant que je revins bien agité. Au lieu d'être le noyau de chaleur du monde, le Middle West ne ressemblait plus qu'à un bord ébréché de l'univers – je décidai donc de partir dans l'Est et d'apprendre le commerce des obligations. Chaque personne que je connaissais travaillait dans ce secteur, donc je supposais qu'elles pouvaient encore accueillir un homme de plus. Tous mes oncles et tantes en discutèrent encore et encore, comme s'ils me choisissaient une école privée, et finirent par dire : « Eh bien… oui, oui », avec des visages extrêmement graves et hésitants. Père accepta de me financer pendant un an, et après de multiples retards, j'arrivai dans l'Est, pour de bon, en tout cas le pensais-je, au printemps 1922.

Le plus pratique aurait été de trouver une chambre en ville, mais il faisait encore doux et je venais juste de quitter une campagne de grandes étendues d'herbe et d'arbres sympathiques, alors lorsqu'un jeune homme du bureau me proposa d'habiter une maison de banlieue avec lui, cela me parut être une excellente idée. Il trouva la maison, un pavillon en carton-pâte marqué par les intempéries, au prix de 80 dollars par mois, mais à la dernière minute, le cabinet le muta à Washington et je me retrouvai seul dans la campagne. J'avais un chien – en tout cas pendant quelques jours, jusqu'à ce qu'il s'enfuît – une vieille Dodge, et une Finlandaise qui faisait mon lit, me préparait le petit-déjeuner et marmonnait des prières finnoises lorsqu'elle utilisait le four électrique.

La solitude régna un jour ou deux, jusqu'à ce qu'un matin, un homme, arrivé encore plus récemment que moi, m'arrêta sur la route.

— Comment puis-je me rendre au village de West Egg ? demanda-t-il avec désespoir.

Je lui indiquai le chemin à suivre. Puis, alors que je déambulais, je ne me sentis plus seul. J'étais un guide, un éclaireur, l'un des premiers colons. Il m'avait nonchalamment accordé le droit de résider ici.

Ainsi, avec le soleil et la multitude de feuilles qui émergeaient des arbres, tout comme les choses poussent dans les films en accéléré, je ressentis cette conviction familière que la vie recommençait avec l'été.

Tout d'abord, il y avait tant de livres à lire, tant de belle santé à tirer de l'air jeune facilitant le souffle. J'achetai une dizaine de volumes traitant du secteur bancaire, des crédits et des titres d'investissement, puis ils trônèrent sur mon étagère en rouge et or, comme de nouveaux sous sortant tout juste de l'hôtel des monnaies, promettant de dévoiler les secrets reluisants que seuls Midas, Morgan et Maecenas connaissaient. J'avais certainement l'intention de lire bien d'autres ouvrages en plus de ceux-là. J'étais assez littéraire à l'université – une année, j'avais écrit une série d'articles très solennels et dépourvus de subtilité pour le *Yale News* – et à présent, j'allais ramener toutes les choses de ce genre dans ma vie et redevenir un de ces spécialistes si rares : « l'homme complet ». Il ne s'agit pas seulement d'une épigramme – après tout, on voit bien mieux la vie par une seule fenêtre.

C'était par hasard que j'avais loué une maison dans l'un des quartiers les plus étranges d'Amérique du Nord. Il se trouvait sur cette île mince et sauvage qui s'étendait à l'est de New York – et où il y avait, parmi d'autres curiosités naturelles, deux formations terrestres inhabituelles. À une trentaine de kilomètres de la ville, une paire d'énormes œufs, identiques dans leurs contours et uniquement séparés par une baie, nommée ainsi par pure courtoisie, ressortait du corps d'eau salée le plus apprivoisé de l'hémisphère ouest, cette vaste basse-cour humide que l'on appelle le détroit de Long Island. Ces œufs ne sont pas parfaitement ovales – comme l'œuf dans l'histoire de Christophe Colomb, ils sont tous deux aplatis à leur extrémité côté contact – mais leur ressemblance physique doit être source d'une perpétuelle interrogation pour les mouettes qui les survolent. Pour ceux dépourvus d'ailes, un phénomène plus intéressant est leur différence en tous points, sauf en forme et en taille.

Je vivais à West Egg, le… eh bien, le moins joli des deux, bien que ce soit là une étiquette bien superficielle pour exprimer le contraste étrange et assez sinistre entre eux. Ma maison se situait à la pointe extrême de l'œuf, à seulement 45 mètres du détroit, et était pressée entre deux immenses habitations qui se louaient à douze ou quinze mille dollars pour la saison. Celle à ma droite était un bâtiment colossal à tous les niveaux – il s'agissait d'une imitation d'un hôtel de ville normand avec une tour d'un côté, flambant neuve sous une fine couche de lierre brut, une piscine en marbre et plus de 16 hectares de pelouse et de jardin. C'était là le manoir de Gatsby. Ou, disons plutôt, comme je ne connaissais pas M. Gatsby, il s'agissait d'un manoir habité par un gentleman portant ce nom. Ma propre maison était une horreur, mais une *petite* horreur ; comme on avait oublié son existence ici, j'avais vue sur la mer, partiellement vue sur la pelouse de mon voisin, et j'avais également la proximité réconfortante de millionnaires – tout cela pour 80 dollars par mois.

De l'autre côté de la baie, les palais blancs du chic East Egg scintillaient au bord de l'eau, et l'histoire de cet été-là commença réellement le soir où je m'y rendis en voiture pour dîner avec les Buchanan. Daisy était ma cousine germaine, et j'avais connu Tom à l'université. Juste après la guerre, j'avais passé deux jours à Chicago en leur compagnie.

Le mari de Daisy, parmi bien d'autres réalisations physiques, avait été l'un des meilleurs à n'avoir jamais joué au football américain à New Haven – c'était en quelque sorte une figure nationale, un de ces hommes qui atteignent un tel degré d'excellence, toutefois limitée, à 21 ans que tout ce qu'ils accomplissent par la suite n'a plus de réelle saveur. Sa famille était extrêmement riche – même à l'université, sa fortune était source de reproche – mais à présent, il avait quitté Chicago et était venu sur la côte est d'une façon à vous couper le souffle ; par exemple, il avait ramené de Lake Forest toute une écurie de poneys de polo. Il était difficile d'imaginer qu'un homme de ma génération avait assez d'argent pour faire une telle chose.

J'ignore pourquoi Tom et Daisy étaient venus dans l'Est. Ils avaient passé une année en France sans raison particulière, puis étaient allés ici et là sans se poser, partout où l'on jouait au polo ou où l'on était riche ensemble. Leur installation à East Egg était définitive, m'avait dit Daisy au téléphone, mais je n'en croyais pas un mot – je ne pouvais lire dans le cœur de Daisy, mais j'avais l'impression que Tom continuerait à dériver, pourchassant sans relâche, avec une légère nostalgie, la turbulence spectaculaire de quelque partie de football qui demeurerait toujours hors de sa portée.

C'est ainsi que par une douce soirée ponctuée de vent, je roulai en direction d'East Egg pour voir deux vieux amis que je connaissais à peine. Leur maison était encore plus détaillée que je ne l'avais imaginé : il s'agissait d'un manoir de style colonial rouge et blanc, très gai, qui donnait sur la baie. La pelouse démarrait sur la plage et se déroulait jusqu'à la porte d'entrée sur environ 400 mètres, sautant par-dessus cadrans solaires, sentiers pavés de briques et jardins flamboyants, avant de finalement atteindre la maison et terminer sa course sur le mur recouvert de plantes grimpantes ensoleillées, comme emportée par son élan. La façade abritait un alignement de portes-fenêtres, brillant à cet instant d'un reflet d'or et grandes ouvertes en cette douce fin d'après-midi venteuse ; Tom Buchanan se tenait sur le perron, jambes écartées, en tenue d'équitation.

Il avait changé depuis ses années à New Haven. C'était à présent un homme robuste de trente ans, aux cheveux de paille, avec une bouche assez dure et des manières hautaines. Deux yeux brillants et arrogants dominaient son visage et lui donnaient l'air de toujours se pencher en avant de façon agressive. Même le chic efféminé de sa tenue d'équitation ne pouvait dissimuler l'immense pouvoir de ce corps – il paraissait remplir ces bottes luisantes jusqu'à défaire, sous la pression, les lacets les plus hauts, et l'on pouvait discerner un gros paquet de muscles travailler lorsque son épaule bougeait sous son veston léger. C'était là un corps doté d'une force incommensurable – un corps cruel.

Lorsqu'il parlait, sa voix, celle d'un ténor au timbre rauque, ne faisait qu'ajouter à cette impression de fractionnisme qu'il dégageait. Il y avait en elle un soupçon de condescendance paternelle, même envers les personnes qu'il appréciait – et certains étudiants de Yale l'avaient détesté de tout leur être.

« Voyons, n'allez pas croire que mon opinion sur ceci ou cela est sans appel uniquement parce que je suis plus fort et plus viril que vous », semblait-il dire. Nous faisions partie de la même promotion, et bien que nous ne fussions jamais très proches, j'avais toujours eu l'impression qu'il m'estimait et qu'il souhaitait que je l'apprécie avec cette certaine douceur sévère et rebelle qui était la sienne.

Nous parlâmes quelques instants sur le perron ensoleillé.

— J'ai une bien belle propriété ici, dit-il, ses yeux bougeant rapidement et nerveusement.

Me forçant à me retourner en me tirant par le bras, il fit défiler une large main plate le long de la vue qui s'offrait à nous, balayant sur son passage un jardin à l'italienne en contrebas, 2 000 mètres carrés de roses au parfum profond et très fort, ainsi qu'un canot à moteur au nez retroussé, secoué par les vagues au large.

— Elle appartenait à Demaine, le pétrolier.

Il me fit pivoter de nouveau, avec politesse et brutalité.

— Allons à l'intérieur.

Nous passâmes par un couloir avec une grande hauteur sous plafond pour atteindre une pièce d'un rose éclatant, fragilement reliée à la maison par des portes-fenêtres à chaque extrémité. Les fenêtres étaient entrouvertes et brillaient d'un blanc étincelant, contrastant avec l'herbe fraîche au-dehors qui semblait pousser légèrement jusque dans la maison. Une brise traversa la pièce, fit virevolter les rideaux, les gonflant tantôt à l'intérieur et à l'extérieur des fenêtres comme de pâles drapeaux, les tordant et les soulevant jusqu'au gâteau de mariage glacé que représentait le plafond, puis elle fit onduler le tapis lie-de-vin en y projetant une ombre, comme le vent sur la mer.

Le seul objet totalement immobile dans cette pièce était un énorme canapé sur lequel deux jeunes femmes flottaient, comme si elles se trouvaient sur un ballon attaché au sol. Elles étaient toutes deux vêtues de blanc, et leurs robes se plissaient et tournoyaient comme si la brise venait de les ramener d'un bref vol autour de la maison. Je dus rester quelques instants à écouter les claquements des rideaux ainsi que le grincement d'un tableau accroché au mur. Puis un « boom » éclata lorsque Tom Buchanan ferma les fenêtres à l'arrière ; le vent pris au piège s'évanouit dans la pièce – les rideaux, les tapis et les deux jeunes femmes redescendirent lentement sur terre.

L'une d'entre elles m'était inconnue. Elle était étendue de tout son long à une extrémité du sofa, totalement immobile, et son menton était légèrement relevé, comme si elle y tenait quelque chose en équilibre sur le point de tomber. Si elle m'avait aperçu du coin de l'œil, elle n'en montra rien – en effet, je fus presque surpris de murmurer que j'étais navré de l'avoir dérangée en faisant irruption dans la pièce.

L'autre fille, Daisy, tenta de se lever – elle se pencha légèrement en avant en affichant un air concentré – puis elle se mit à rire, d'un petit rire à la fois ridicule et charmant ; je m'esclaffai alors à mon tour, puis m'avançai dans la pièce.

— Je suis p… paralysée de bonheur.

Elle rit de nouveau, comme si elle venait de dire quelque chose d'hilarant, puis prit ma main un instant, levant les yeux sur moi, me jurant qu'il n'y avait personne d'autre au monde qu'elle avait tant envie de voir. C'était une manie qu'elle avait. Elle laissa entendre dans un murmure que le nom de famille de la jeune équilibriste était Baker (c'est en tout cas ce que j'entendis, étant donné que les murmures de Daisy ne visaient qu'à encourager les gens à se pencher vers elle ; une critique hors sujet qui ne rendait pas cette habitude moins charmante).

En tous les cas, les lèvres de Miss Baker bougèrent légèrement, elle m'adressa un signe de tête presque imperceptible, puis la redressa rapidement – l'objet qu'elle gardait en équilibre avait visiblement légèrement vacillé et lui avait fait une peur bleue. De nouveau, une sorte d'excuse me monta aux lèvres. Toute démonstration de totale autosuffisance me provoque presque toujours une admiration étonnée.

Je regardai de nouveau ma cousine, qui commença à me poser des questions de sa voix basse et enivrante. C'était le genre de voix que l'oreille ne peut qu'écouter, comme si chaque parole était un arrangement de notes qui ne seraient jamais rejouées. Elle avait un visage triste et charmant, arborant de jolis traits, des yeux brillants et une bouche luisante et passionnée, mais il y avait une excitation dans sa voix que les hommes qui l'avaient aimée trouvaient difficile à oublier : une compulsion chantante, un « Écoute » dans un murmure, une promesse qu'elle avait fait des choses gaies et excitantes peu de temps auparavant et qu'il y aurait des choses de la même nature qui l'attendraient une heure plus tard.

Je lui racontai que je m'étais arrêté à Chicago une journée sur ma route pour la côte est, et qu'une dizaine de personnes m'avaient chargé de lui transmettre leurs amitiés.

— Je leur manque ? hurla-t-elle d'un ton ravi.

— Toute la ville est affligée. Toutes les voitures ont leur roue arrière gauche peinte en noir en guise de couronne de deuil, et on entend une plainte incessante toute la nuit sur la côte nord.

— Merveilleux ! Retournons-y, Tom. Demain !

Puis elle ajouta, sans rapport apparent :

— Il faut que tu viennes voir le bébé.

— Avec plaisir.

— Elle dort. Elle a trois ans. Tu ne l'as jamais vue ?

— Jamais.

— Dans ce cas, il faut que tu la voies. Elle est...

Tom Buchanan, qui arpentait nerveusement la pièce jusque-là, s'arrêta et posa sa main sur mon épaule.

— Qu'est-ce que tu fais, Nick ?

— Je travaille dans une banque d'émission.

— Laquelle ?

Je lui donnai le nom des associés.

— Jamais entendu parler, remarqua-t-il avec fermeté.

Son attitude m'irrita.

— Cela viendra, répondis-je sèchement. Cela viendra si vous restez sur la côte est.

— Oh, je vais rester sur la côte est, ne t'en fais pas, dit-il en lançant un regard à Daisy.

Puis il me regarda de nouveau, comme s'il attendait autre chose.

— Je serais un sacré idiot de vivre autre part qu'ici.

À cet instant, Miss Baker intervint :

— Absolument !

Elle dit cela si soudainement que je sursautai – c'était là le premier mot qui sortait de sa bouche depuis que j'étais entré dans la pièce. De toute évidence, cela la surprit autant que moi, car elle bâilla, puis, avec une série de mouvements vifs et adroits, elle se leva du canapé.

— Je suis toute courbaturée, se plaignit-elle. Je suis incapable de dire depuis combien de temps je suis affalée sur ce sofa.

— Ne me regarde pas, répliqua Daisy. J'ai essayé de te traîner à New York tout l'après-midi.

— Non, merci, fit Miss Baker à l'attention des quatre cocktails tout juste sortis du placard. Je suis un entraînement très rigoureux.

Son hôte l'observa d'un air incrédule.

— Oh, vraiment !

Il avala son cocktail comme s'il n'en était resté qu'une goutte au fond du verre.

— Cela me dépasse que vous arriviez jamais à faire quoi que ce soit.

Je regardai Miss Baker, me demandant ce qu'elle avait bien pu « arriver à faire ». J'appréciais de la contempler. C'était une fille svelte avec une faible poitrine, une posture droite qu'elle accentuait en rejetant ses épaules en arrière comme un jeune élève officier. Ses yeux gris usés par le soleil me rendirent mon regard avec une curiosité polie et réciproque sur son visage blafard, charmant et mécontent. À cet instant, il me sembla l'avoir déjà vue auparavant, ou au moins sa photo.

— Vous habitez à West Egg, remarqua-t-elle avec dédain. Je connais quelqu'un là-bas.

— Je ne connais pas un seul…

— Vous devez connaître Gatsby.

— Gatsby ? demanda Daisy. Quel Gatsby ?

Avant que je ne puisse répondre qu'il s'agissait de mon voisin, le dîner fut annoncé ; calant son bras tendu sous le mien de manière impérieuse, Tom Buchanan me força à quitter la pièce comme s'il déplaçait un pion sur une autre case d'un damier.

Gracieuses et alanguies, leurs mains posées avec légèreté sur leurs hanches, les deux jeunes femmes nous précédèrent vers une véranda teintée de rose, donnant sur le coucher de soleil, où la flamme de quatre bougies vacillait dans le vent qui s'était calmé.

— *Des bougies* ? Pourquoi ? contesta Daisy en fronçant les sourcils.

Elle les éteignit sur-le-champ avec ses doigts.

— Dans deux semaines, ce sera le jour le plus long de l'année.

Elle nous regarda tous avec une mine radieuse.

— Vous aussi, vous attendez toujours le jour le plus long de l'année, puis vous le ratez ? J'attends toujours le jour le plus long de l'année, puis je le rate.

— Nous devrions prévoir quelque chose, bâilla Miss Baker, s'attablant comme si elle se glissait dans son lit.

— Tout à fait, répondit Daisy. Quoi donc ?

Elle se tourna vers moi, désespérée :

— Que prévoient les gens ?

Avant que je ne puisse lui répondre, ses yeux se posèrent sur son petit doigt d'un air terrorisé.

— Regardez ! Je me suis blessée ! se plaignit-elle.

Nous regardâmes tous son auriculaire – son articulation était noire et bleue.

— C'est toi, Tom, l'accusa-t-elle. Je sais que ce n'était pas ton intention, mais c'est *toi* qui l'as fait. Voilà ce que je récolte à avoir épousé une brute, un grand, énorme, massif spécimen physique de...

— Je déteste ce mot, « massif », intervint Tom avec colère. Même pour rire.

— Massif, insista Daisy.

Parfois, Miss Baker et elle discutaient en même temps, discrètement et avec une inconséquence badine qui n'était jamais vraiment du bavardage, aussi fraîche que leurs robes blanches et leurs yeux impersonnels vides de tout désir. Elles étaient là, et elles nous toléraient, Tom et moi, se contentant de faire un effort poli et agréable pour divertir ou être diverties. Elles savaient que le dîner toucherait bientôt à sa fin ; qu'un peu plus tard, la soirée serait également terminée et qu'on passerait nonchalamment à autre chose. C'était très différent de ce qui se faisait dans l'Ouest, où une soirée était poussée à sa fin de phase en phase, dans une anticipation sans cesse déçue ou dans une simple crainte tendue du moment lui-même.

— Tu me donnes l'impression d'être un barbare, Daisy, avouai-je lors de mon second verre de Bordeaux bouchonné mais tout de même plutôt impressionnant. Tu ne pourrais pas parler de récoltes ou que sais-je ?

Je ne sous-entendais rien de particulier par cette remarque, mais elle fut reçue d'une façon inattendue.

— La civilisation est en train de tomber en miettes, éclata violemment Tom. Je suis devenu terriblement pessimiste concernant le monde. As-tu lu *L'ascension des empires de couleur*, par cet homme, Goddard ?

— Ma foi, non, répondis-je, assez surpris par le ton qu'il venait d'employer.

— Eh bien, c'est un bon livre, et tout le monde devrait le lire. L'idée générale est que si nous n'y prêtons pas attention, la race blanche sera... sera complètement submergée. C'est scientifique, ça a été prouvé.

— Tom devient très profond, remarqua Daisy, avec un air triste irréfléchi. Il lit des livres très profonds qui ont de longs mots. Quel était ce terme que nous...

— Eh bien, ces livres sont tous scientifiques, insista Tom en lançant un regard impatient à sa femme. Ce gars a étudié la question. C'est à nous, qui sommes la race dominante, de faire attention, sinon ces autres races prendront le contrôle de tout.

— Il faut que nous les battions, murmura Daisy en clignant férocement des yeux vers le soleil ardent.

— Vous devriez venir vivre en Californie... commença Miss Baker, mais Tom l'interrompit en se tournant lourdement sur sa chaise.

— L'idée, c'est que nous sommes des Nordiques. J'en suis un, et toi aussi, et toi aussi, et…

Après une infinitésimale hésitation, il inclut Daisy avec un léger hochement de tête, puis elle m'adressa de nouveau un clin d'œil.

— … et nous avons produit tout ce qui fait la civilisation – oh ! la science, l'art, etc. Tu comprends ?

Il y avait quelque chose de pathétique dans sa concentration, comme si son arrogance, plus vive qu'autrefois, ne lui suffisait plus. Lorsque, presque immédiatement, le téléphone sonna à l'intérieur et que le majordome quitta la véranda, Daisy profita de cette interruption momentanée et se pencha vers moi.

— Je vais te confier un secret de famille, chuchota-t-elle avec enthousiasme. C'est à propos du nez du majordome. Tu veux entendre cette histoire ?

— C'est la raison pour laquelle je suis venu ce soir.

— Eh bien, il n'a pas toujours été majordome ; par le passé, il était chargé de polir l'argenterie d'un couple de New-Yorkais qui possédait un service en argent pour deux cents personnes. Il devait astiquer l'argenterie du matin au soir, jusqu'à ce que cela finisse par affecter son nez…

— Et les choses ne firent qu'empirer, insinua Miss Baker.

— En effet. Les choses ne firent qu'empirer, jusqu'à ce que finalement, il fût contraint de céder son poste.

Pendant un instant, le dernier rayon de soleil se posa sur son visage radieux avec une affection romantique ; sa voix me forçait à me pencher vers elle, haletant, alors que je l'écoutais – puis la lumière s'effaça, toute lueur la désertant avec un regret persistant, comme lorsque des enfants quittent une rue agréable à la tombée de la nuit.

Le majordome revint et murmura quelque chose à l'oreille de Tom, suite à quoi ce dernier fronça les sourcils, repoussa sa chaise et, sans un mot, retourna à l'intérieur. Comme si son absence avait ranimé quelque chose en elle, Daisy se pencha de nouveau en avant, la voix chaude et chantante.

— J'aime beaucoup t'avoir à ma table, Nick. Tu me rappelles une… une rose, incontestablement, une rose. N'est-ce pas ?

Elle en chercha la confirmation en se tournant vers Miss Baker.

— Une rose, incontestablement ?

C'était faux. Je ne ressemble en rien à une rose. Elle ne faisait qu'improviser, mais une vibrante chaleur émanait d'elle, comme si son cœur essayait de sortir, dissimulé dans l'un de ces mots palpitants, à bout de souffle. Puis, soudain, elle jeta sa serviette sur la table, prit congé et rentra dans la maison.

Miss Baker et moi échangeâmes un rapide coup d'œil consciemment dépourvu de sens. J'étais sur le point de parler lorsqu'elle se redressa et dit d'une voix alarmante :

— Chut !

On entendait un murmure étouffé et passionné dans la pièce d'à côté, et Miss Baker se pencha en avant, sans gêne, essayant d'entendre la conversation. Le murmure trembla au bord de la cohérence, baissa, monta avec agitation, puis s'évanouit totalement.

— Ce M. Gatsby dont vous parlez, c'est mon voisin… commençai-je.

— Taisez-vous. Je veux entendre ce qu'il se passe.

— Il se passe quelque chose ? demandai-je innocemment.

— Vous voulez dire que vous ne savez rien ? s'étonna Miss Baker, tout à fait surprise. Je pensais que tout le monde était au courant.

— Pas moi.

— Eh bien… entama-t-elle, hésitante. Tom voit une autre femme à New York.

— Une autre femme ? répétai-je d'un air ahuri.

Miss Baker hocha la tête.

— Elle pourrait avoir la décence de ne pas lui téléphoner à l'heure du dîner. N'êtes-vous pas d'accord ?

À peine avais-je saisi le sens de ce qu'elle disait que j'entendis le plissement d'une robe et le craquement de bottes en cuir, puis Tom et Daisy étaient revenus à table.

— C'était inévitable ! hurla Daisy avec une gaieté crispée.

Elle s'assit, lança un regard interrogateur à Miss Baker puis à moi, avant de poursuivre :

— J'ai regardé à l'extérieur une seconde, et c'est très romantique. Il y a un oiseau sur la pelouse, ce doit être un rossignol qui vient d'arriver par la Cunard Line ou la White Star Line. Il gazouille…

Sa voix chanta :

— C'est romantique, n'est-ce pas, Tom ?

— Très romantique, répondit-il.

Puis il s'adressa tristement à moi :

— S'il fait encore assez clair après le dîner, je t'emmènerai voir les écuries.

À l'intérieur, étonnamment, le téléphone sonna, et lorsque Daisy secoua fermement la tête à l'attention de Tom, le sujet des écuries – en fait, tous les sujets – s'évanouit dans les airs. Parmi les fragments brisés des cinq dernières minutes à table, je me souviens que les bougies étaient de nouveau allumées, inutilement, et j'étais conscient de vouloir regarder tout le monde dans les yeux, et pourtant de souhaiter en même temps éviter tous les regards. J'étais incapable de deviner à quoi Daisy et Tom pensaient, mais je doute que même Miss Baker, qui semblait maîtriser un certain scepticisme aigu, fût en mesure de chasser complètement de son esprit l'urgence perçante et métallique de ce cinquième invité.

Pour des personnes dotées d'un certain tempérament, la situation aurait pu sembler intrigante ; quant à moi, mon instinct me hurlait d'appeler immédiatement la police.

Inutile de dire que les chevaux ne revinrent pas sur le tapis. Tom et Miss Baker, séparés par plusieurs mètres de pénombre, se dirigèrent tranquillement vers la bibliothèque, comme s'ils se rendaient à une veillée avec un vrai cadavre ; pendant ce temps-là, essayant de me montrer agréablement intéressé et légèrement sourd, je suivis Daisy à travers une succession de vérandas communicantes jusqu'au perron à l'avant de la maison. Dans cette profonde obscurité, nous nous assîmes côte à côte, sur un sofa en osier.

Daisy enfouit son visage dans ses mains, comme si elle en touchait sa jolie forme, puis ses yeux se projetèrent progressivement vers le crépuscule de velours. Je vis qu'elle était possédée par des émotions tourmentées ; donc, pensant que cela l'apaiserait, je lui posai des questions sur sa petite fille.

— On ne se connaît pas très bien, tous les deux, Nick, dit-elle soudain. Même si nous sommes cousins. Tu n'es pas venu à mon mariage.

— Je n'étais pas encore revenu de la guerre.

— C'est vrai.

Elle hésita.

— Eh bien, j'ai vécu des moments affreux, Nick, et je suis relativement cynique vis-à-vis de tout.

Visiblement, elle avait des raisons de l'être. J'attendis, mais elle n'ajouta rien de plus ; puis, après un moment, je revins sans grande conviction au sujet de sa fille.

— Je suppose qu'elle parle et… qu'elle mange, etc.

— Oh, oui.

Elle me regarda d'un air absent.

— Écoute, Nick, laisse-moi te confier ce que j'ai dit lorsqu'elle est née. Veux-tu l'entendre ?

— Tout à fait.

— Cela t'aidera à comprendre comment j'en suis arrivée à voir les choses… comme cela. Eh bien, il y avait à peine une heure qu'elle était née, et Tom était Dieu sait où. Je sortis de l'éther avec un sentiment d'abandon total, et demandai sur-le-champ à l'infirmière si c'était un garçon ou une fille. Elle me répondit que c'était une fille, puis je tournai la tête et me mis à pleurer. « Très bien », dis-je, « je suis heureuse que ce soit une fille. Et j'espère qu'elle sera idiote – c'est la meilleure chose qu'une fille puisse être dans ce monde, une magnifique petite idiote ». Tu vois, je pense que, quoi qu'il en soit, tout dans la vie est horrible, poursuivit-elle d'un ton convaincu. Tout le monde partage mon sentiment – en tout cas les personnes les plus intelligentes. Et moi, je *sais*. J'ai été partout, j'ai tout vu et tout vécu.

Ses yeux jetèrent des coups d'œil furtifs et méfiants tout autour d'elle, un peu comme Tom, puis elle éclata d'un rire teinté d'un vibrant mépris.

— Raffinée… Mon Dieu, je suis raffinée !

À l'instant où sa voix se tut, cessant de monopoliser mon attention et ma raison, je ressentis l'hypocrisie fondamentale de ce qu'elle venait de dire. Cela me mit mal à l'aise, comme si toute cette soirée n'avait été qu'une sorte de mise en scène pour m'extorquer une émotion contributrice. J'attendis, et un instant plus tard, sans surprise, elle me regarda en affichant sur son joli visage un sourire narquois, comme si elle avait revendiqué son appartenance à une société secrète assez éminente dont Tom serait également membre.

***

À l'intérieur, la pièce pourpre était inondée de lumière. Tom et Miss Baker s'assirent à chaque bout du long canapé, puis elle lui lut à voix haute le *Saturday Evening Post* – les mots, murmurés et non fléchis, se succédaient pour former ensemble une mélodie apaisante. La lumière de la lampe, éclatante sur les bottes de Tom et terne sur le blond des cheveux de Miss Baker pareil à des feuilles d'automne, brilla sur le papier lorsqu'elle tourna une page avec un frémissement de muscles minces sur ses bras.

Lorsque nous entrâmes, elle nous demanda de rester silencieux un instant à l'aide d'une main levée.

— La suite au prochain numéro, dit-elle en lançant le journal sur la table.

Son corps se manifesta avec une agitation nerveuse du genou, puis elle se leva.

— Dix heures, remarqua-t-elle, lisant visiblement l'heure sur le plafond. Il est temps pour la gentille fille que je suis d'aller au lit.

— Jordan va participer au tournoi demain, à Westchester, expliqua Daisy.

— Oh… Vous êtes Jordan Baker.

Je savais à présent pourquoi son visage m'était familier – cette plaisante expression méprisante m'avait regardé depuis de nombreuses photos en rotogravure, dans les journaux relatant la vie sportive d'Asheville, Hot Springs et Palm Beach. J'avais également entendu parler d'une histoire la concernant, une affaire essentielle et fâcheuse, mais j'en avais oublié le détail depuis longtemps.

— Bonne nuit, dit-elle avec douceur. Réveille-moi à huit heures, s'il te plaît.

— Si tu te lèves.

— Je le ferai. Bonne nuit, M. Carraway. Nous nous reverrons bientôt.

— Bien sûr que tu le reverras bientôt, confirma Daisy. En fait, je pense arranger un mariage. Viens souvent nous voir, Nick, et je me débrouillerai pour… hum… vous jeter dans les bras l'un de l'autre. Tu vois… Vous enfermer accidentellement dans une armoire à linge, vous pousser au large à bord d'un bateau, ce genre de choses…

— Bonne nuit, cria Miss Baker depuis les escaliers. Je n'ai pas entendu un seul mot.

— C'est une fille bien, remarqua Tom après quelques instants. Ils ne devraient pas la laisser courir le pays comme cela.

— Qui donc ? l'interrogea froidement Daisy.

— Sa famille.

— Sa famille, c'est une seule tante qui a environ 1 000 ans. De plus, Nick va veiller sur elle, n'est-ce pas, Nick ? Elle va passer de nombreux week-ends par ici, cet été. Je pense que l'influence de notre foyer lui sera tout à fait bénéfique.

Un instant, Daisy et Tom échangèrent un regard en silence.

— Est-elle originaire de New York ? demandai-je hâtivement.

— De Louisville. Nous avons passé notre enfance blanche ici, ensemble. Notre belle enfance bl…

— As-tu eu une petite conversation à cœur ouvert avec Nick sur le perron ? demanda soudainement Tom.

— Moi ?

Elle me regarda.

— Je ne m'en rappelle pas, mais je crois que nous avons parlé de la race nordique. Oui, j'en suis certaine. Le sujet nous est venu comme ça, et sans nous en rendre compte, tu vois…

— Ne crois pas tout ce que tu entends, Nick, me conseilla-t-il.

Je répondis avec légèreté que je n'avais rien entendu du tout, et quelques minutes plus tard, je me levai pour rentrer chez moi. Ils m'accompagnèrent à la porte et se tinrent côte à côte dans un gai carré de lumière. Lorsque je démarrai mon moteur, Daisy hurla de façon catégorique :

— Attends ! J'ai oublié de te demander quelque chose, et c'est important. Nous avons entendu dire que tu étais fiancé à une fille de l'Ouest.

— C'est vrai, confirma chaleureusement Tom. Nous avons entendu dire que tu étais fiancé.

— Pure calomnie. Je suis trop pauvre.

— Mais nous l'avons entendu dire, insista Daisy, me surprenant en s'ouvrant de nouveau à la façon d'une fleur. Trois personnes nous l'ont dit, donc ce doit être vrai.

Bien entendu, je savais à quoi ils faisaient référence, mais je n'étais pas même vaguement fiancé. Le fait que des commères eussent publié les bans était l'une des raisons pour lesquelles j'étais venu dans l'Est. Il est impossible d'arrêter de fréquenter une vieille amie à cause de ce genre de rumeurs, et d'un autre côté, je n'avais aucune intention de laisser courir le bruit que j'allais me marier.

Je fus assez touché par l'intérêt qu'ils me portaient ; il les rendit moins loin de moi quant à leur richesse – néanmoins, j'étais désorienté et légèrement écœuré lorsque je m'éloignais à bord de ma voiture. J'avais l'impression que Daisy n'avait qu'une seule chose à faire : partir de cette maison en courant, sa fille dans les bras ; mais visiblement, elle n'en avait pas la moindre intention. Quant à Tom, le fait qu'il « vît une autre femme à New York » était bien moins surprenant que le fait qu'il eût été déprimé par un livre. Quelque chose le faisait grignoter un bout de vieilles idées, comme si son solide égoïsme physique ne suffisait plus à nourrir son cœur catégorique.

C'était déjà l'été sur les toits des restoroutes et devant les garages au bord de la route, où de nouvelles pompes à essence rouge se dressaient dans des mares de lumière, et lorsque j'atteignis mon domaine à West Egg, je garai la voiture sous son abri et m'assis un moment sur une tondeuse à gazon abandonnée dans la cour. Le vent était tombé, laissant une nuit claire et bruyante, des ailes battant dans les arbres et un incessant son d'orgue alors que toutes les souffleries de la terre donnaient pleinement vie à des grenouilles. L'ombre d'un chat en mouvement ondula au clair de lune, puis, tournant la tête pour le regarder, je vis que je n'étais pas seul – quinze mètres plus loin, une silhouette était sortie de l'ombre projetée par le manoir de mon voisin et se tenait là, les mains dans les poches, les yeux levés vers le poivre argenté des étoiles. Ses gestes nonchalants et la position ancrée de ses pieds sur la pelouse laissaient entendre que c'était M. Gatsby lui-même, sorti afin de déterminer quelle part de notre paradis local était la sienne.

Je décidai de l'appeler. Miss Baker l'avait mentionné au dîner, et cela ferait office de présentation. Mais je n'en fis rien, car il indiqua soudainement qu'il était ravi d'être seul – il tendit ses bras vers l'eau sombre d'une curieuse manière, et, aussi loin de lui que je l'étais, j'aurais juré qu'il tremblait. Involontairement, je jetai un coup d'œil vers la mer – et ne distinguai rien d'autre qu'une lueur verte, minuscule et très lointaine, qui devait être le bout d'un quai. Lorsque je cherchai de nouveau Gatsby du regard, il avait disparu, et j'étais de nouveau seul dans l'obscurité inquiète.

II

Environ à mi-chemin entre West Egg et New York, la route rejoint soudainement le chemin de fer et ils défilent côte à côte pendant quatre cents mètres, comme pour fuir devant une certaine zone rurale désolée. C'est une vallée de cendres – une ferme fantastique où les cendres poussent comme du blé, formant crêtes, collines et jardins grotesques ; où les cendres prennent la forme de maisons, de cheminées, de fumée qui s'élève et, enfin, avec un effort transcendant, d'hommes gris cendré, qui bougent faiblement et s'émiettent déjà dans l'air poudreux. Parfois, une file de wagons gris passe lentement le long d'une voie ferrée invisible, laisse échapper un épouvantable craquement, puis s'immobilise ; immédiatement, les hommes gris cendré descendent à toute allure avec des pelles en plomb et provoquent un nuage impénétrable, qui masque leurs obscures manœuvres à votre vue.

Mais au-delà de cette terre grise et des spasmes de poussière désolée qui vole sans cesse dans les airs, on aperçoit, après quelques instants, les yeux du docteur T. J. Eckleburg. Ces yeux sont bleus et gigantesques – leurs rétines mesurent un mètre de haut. Ils ne regardent pas depuis un visage, mais d'une paire d'énormes lunettes jaunes posées sur un nez inexistant. Manifestement, un ophtalmologiste avec un certain sens de l'humour les avait placés là pour grossir sa clientèle dans un quartier du Queens, avant de s'être plongé lui-même dans une éternelle cécité, ou bien avait-il déménagé et les avait oubliés là. Mais ses yeux, légèrement abîmés par de nombreux jours sans coup de peinture, sous le soleil et la pluie, veillent encore la décharge solennelle.

La vallée de cendres est liée d'un côté à une petite rivière croupie, et, lorsque le pont à bascule est levé afin de permettre le passage aux barges, les passagers de trains à l'arrêt peuvent admirer la triste scène pendant non moins d'une demi-heure. Un arrêt d'au moins une minute se fait toujours ici, et ce fut la raison pour laquelle je rencontrai la maîtresse de Tom Buchanan.

Le fait qu'il en eût une était clamé haut et fort partout où il était connu. Ses connaissances n'appréciaient pas de le voir dans des cafés populaires en sa compagnie, ni de le voir flâner, laissant sa maîtresse seule à une table, avant de discuter avec des personnes qu'il connaissait. Même si j'étais curieux de la voir, je n'avais aucune envie de la rencontrer – mais ce fut le cas. Un après-midi, je pris le train pour aller à New York avec Tom, et lorsque nous nous arrêtâmes près des amas de cendres, il sauta sur ses pieds et me força littéralement à sortir du wagon en me saisissant par le coude.

— On descend, insista-t-il. Je veux te présenter ma petite amie.

Je crois qu'il avait ingurgité pas mal d'alcool au déjeuner, et sa détermination à ce que je l'accompagne frôlait la violence. Dans sa supposition dédaigneuse, il semblait penser que je n'avais rien de mieux à faire un dimanche après-midi.

Je le suivis le long d'un grillage délimitant la voie ferrée, bas et blanchi à la chaux, puis nous rebroussâmes chemin sur une centaine de mètres en suivant la route sous le regard persistant du docteur Eckleburg. Le seul bâtiment à l'horizon était un petit pâté de constructions en briques jaunes, posé au bord du terrain vague, une sorte de Main Street condensée qui le gérait, sans aucun voisin d'aucune sorte. L'un des trois commerces qu'il abritait était en location ; un autre était un restaurant ouvert toute la nuit, où menait une piste de cendres ; le troisième était un garage – *Réparations. GEORGE B. WILSON. Achat et vente de voitures* – et je suivis Tom lorsqu'il y entra.

L'intérieur était dépouillé et vide de toute prospérité ; la seule voiture visible était l'épave d'une Ford couverte de poussière tapie dans un coin mal éclairé. Il me vint à l'esprit que cette ombre de garage devait être un paravent, et que de somptueux appartements romantiques devaient se cacher à l'étage du dessus, lorsque le propriétaire lui-même apparut sur le pas de la porte d'un bureau, s'essuyant les mains sur un bout de chiffon. C'était un homme blond, apathique, faible et à peine séduisant. Lorsqu'il nous vit, une humide lueur d'espoir se répandit dans ses yeux bleu clair.

— Salut, Wilson, vieille branche, s'exclama Tom en lui donnant une joyeuse tape sur l'épaule. Comment vont les affaires ?

— J'ai pas à me plaindre, répondit Wilson sans la moindre conviction. Quand est-ce que vous allez m'vendre cette voiture ?

— La semaine prochaine ; mon homme y travaille en ce moment même.

— Y travaille assez lentement, non ?

— Non, c'est faux, répliqua froidement Tom. Et si c'est là ton sentiment, peut-être ferais-je mieux de la vendre à quelqu'un d'autre, après tout.

— C'est pas c'que je voulais dire, expliqua Wilson avec hâte. C'est juste que…

Sa voix s'éteignit et Tom jeta un rapide coup d'œil impatient au garage. Puis j'entendis des bruits de pas dans l'escalier, et un instant plus tard, la silhouette épaisse d'une femme obstrua la lumière venant du bureau. Elle devait avoir environ trente-cinq ans, était légèrement corpulente, mais elle portait sa chair d'une façon sensuelle, comme peuvent le faire certaines femmes. Son visage, surplombant une robe à pois en crêpe de Chine bleu foncé, n'abritait ni facette ni étincelle de beauté, mais il émanait d'elle une vitalité immédiatement perceptible, comme si les nerfs de son corps bouillonnaient sans cesse. Elle sourit lentement et, passant à travers son mari comme s'il avait été un fantôme, elle serra la main de Tom, le regardant droit dans les yeux. Puis elle humecta ses lèvres et, sans se tourner, s'adressa à son mari d'une voix douce et rauque :

— Va donc chercher des chaises, tu veux, qu'on puisse s'asseoir.

— Oh, bien sûr, approuva hâtivement Wilson.

Ce dernier se dirigea vers le petit bureau, se fondant immédiatement dans la couleur ciment des murs. Une poussière d'un blanc cendreux voilait son costume sombre et ses cheveux clairs, comme elle voilait tous les environs – sauf sa femme, qui se rapprocha de Tom.

— Je veux te voir, dit Tom d'un ton intense. Prends le prochain train.

— Entendu.

— Retrouve-moi à côté du kiosque au rez-de-chaussée de la gare.

Elle hocha la tête et s'éloigna de lui au moment où George Wilson arriva avec deux chaises de son bureau.

Nous attendîmes la femme de Wilson sur la route, cachés. Nous étions quelques jours avant le 4 juillet, et un enfant italien, maigre et au teint gris, plaçait des rangées de pétards le long de la voie ferrée.

— Quel endroit horrible, n'est-ce pas, dit Tom en échangeant un haussement de sourcils avec le docteur Eckleburg.

— Affreux.

— Cela lui fait du bien d'en sortir.

— Son mari est d'accord avec cela ?

— Wilson ? Il croit qu'elle va voir sa sœur à New York. Il est si stupide qu'il ne se rend même pas compte qu'il existe.

Donc Tom Buchanan, sa petite amie et moi nous rendîmes ensemble à New York – ou, disons, pas tout à fait ensemble, car Mme Wilson, par souci de discrétion, s'était assise dans un autre wagon. Tom mettait cela sur le compte de la sensibilité des habitants d'East Egg qui pourraient se trouver à bord.

Elle avait troqué sa robe contre une autre en mousseline marron plissée, toute tendue sur ses hanches assez larges lorsque Tom l'aida à descendre sur le quai à notre arrivée à New York. Au kiosque, elle acheta un numéro du *Town Tattle* ainsi qu'un magazine sur le cinéma, et à la pharmacie de la gare, une crème hydratante et un petit flacon de parfum. À l'étage, sur la route aux échos solennels, elle laissa filer quatre taxis avant d'en choisir un, couleur lavande et sièges en cuir gris, puis nous glissâmes hors de la foule de la gare pour atteindre le soleil qui brillait. Mais elle se détourna brusquement de la fenêtre et, se penchant en avant, cogna sur la vitre avant.

— Je veux un de ces chiens, affirma-t-elle sérieusement. J'en veux un à l'appartement. C'est si chouette d'avoir… un chien.

Nous fîmes marche arrière pour arriver à la hauteur d'un vieil homme grisonnant qui avait une absurde ressemblance avec John D. Rockefeller. Une dizaine de chiots à peine sevrés d'une race indéterminée étaient recroquevillés dans un panier accroché à son cou.

— Quelle est leur race ? demanda Mme Wilson avec enthousiasme lorsque l'homme s'approcha du taxi.

— De toutes races. Laquelle aimeriez-vous, Madame ?

— J'aimerais un de ces chiens policiers ; je suppose que vous n'en avez pas ?

L'homme regarda avec hésitation dans le panier, y plongea sa main et en sortit un chiot qui se tortillait par la peau du cou.

— Ce n'est pas un chien policier, constata Tom.

— En effet, pas exactement, répondit l'homme, sa voix teintée de déception. C'est plus un Airedale-terrier.

Il passa sa main sur le dos de l'animal, pareil à un gant de toilette brun.

— Regardez ce pelage. Et quel poil ! Voilà un chien qui ne vous embêtera jamais à tomber malade.

— Je le trouve mignon, s'enthousiasma Mme Wilson. Combien ?

— Ce chien ?

Il l'admira.

— Ce chien vous coûtera 10 dollars.

L'Airedale-terrier – nul doute qu'il y en avait dans sa généalogie, même si ses pattes étaient étonnamment blanches – changea de mains et se posa sur les genoux de Mme Wilson, qui caressa sa fourrure imperméable avec ravissement.

— Est-ce un garçon ou une fille ? demanda-t-elle délicatement.

— Ce chien ? C'est un garçon.

— C'est une chienne, affirma Tom. Voilà votre argent. Allez en acheter dix autres avec ça.

Nous nous dirigeâmes vers la Cinquième Avenue, chaleureuse et douce, presque bucolique, en ce dimanche après-midi estival. Je n'aurais pas été surpris de voir un grand troupeau de moutons au coin de la rue.

— Attendez, je dois vous quitter ici, dis-je.

— Non, s'interposa rapidement Tom. Myrtle sera vexée si tu ne montes pas à l'appartement. N'est-ce pas, Myrtle ?

— Allez, m'incita-t-elle. Je téléphonerai à ma sœur Catherine. Des personnes qui savent de quoi elles parlent la trouvent magnifique.

— Eh bien, j'aimerais beaucoup, mais…

Nous poursuivîmes notre route, coupant de nouveau par le Park vers West Hundreds. À la 158e Rue, le taxi s'arrêta devant une part d'un long gâteau blanc d'immeubles abritant des appartements. Jetant un regard majestueux aux alentours, digne d'un retour au pays, Mme Wilson saisit son chien et ses autres achats, puis entra avec hâte.

— Je vais inviter les McKee, annonça-t-elle lorsque l'ascenseur monta. Et, évidemment, je vais aussi appeler ma sœur.

L'appartement se situait au dernier étage – un petit salon, une petite salle à manger, une petite chambre, et une baignoire. Le salon était plein comme un œuf, encombré de nombreux meubles recouverts d'une tapisserie trop grande, de façon que bouger dans cette pièce impliquait de trébucher constamment sur des scènes de dames se balançant dans les jardins de Versailles. Le seul tableau était une photographie agrandie, représentant visiblement une poule assise sur un rocher flou. Cependant, de loin, la poule se transformait en bonnet, et la contenance d'une vieille femme corpulente se téléporta dans la pièce. De nombreux numéros du *Town Tattle* étaient posés sur la table, accompagnés par un exemplaire de *Simon Called Peter*, ainsi que quelques-uns des petits magazines à scandales de Broadway. Mme Wilson se préoccupa d'abord du chiot. Un garçon d'ascenseur réticent alla chercher un carton rempli de paille et un peu de lait, auquel il ajouta de son propre chef une boîte remplie de gros biscuits pour chiens à mâcher – l'un d'eux se décomposa mollement dans la soucoupe de lait tout l'après-midi. Pendant ce temps, Tom sortit une bouteille de whisky d'un compartiment fermé à clef du secrétaire.

Je n'ai été ivre que deux fois dans ma vie, et la deuxième eut lieu cet après-midi-là ; donc tout ce qu'il s'est passé est couvert par un voile flou et vague, même si jusqu'à vingt heures passées, l'appartement était baigné de chaleureux rayons de soleil. Assise sur les genoux de Tom, Mme Wilson appela nombre de personnes, puis il n'y eut plus de cigarettes, je sortis donc pour en acheter à la pharmacie au coin de la rue. Lorsque je revins, ils avaient tous deux disparu, donc je m'assis discrètement dans le salon et lus un chapitre de *Simon Called Peter* – soit ce livre était nul, soit le whisky déformait les choses, car il n'avait aucun sens pour moi.

À l'instant où Tom et Myrtle (après le premier verre, nous nous étions appelés par nos prénoms, Mme Wilson et moi) réapparurent, les invités commencèrent à se manifester à la porte d'entrée.

La sœur, Catherine, était une jeune femme svelte et expérimentée d'environ trente ans, avec des cheveux roux au carré, une coupe nette et impossible à faire bouger, et un teint poudré d'un blanc laiteux. Ses sourcils avaient été épilés puis redessinés pour former un angle plus élégant, mais les efforts de la nature afin de restaurer l'ancien alignement donnaient un air brouillé à son visage. Lorsqu'elle bougeait, on entendait un incessant cliquetis, car d'innombrables bracelets en terre cuite tintaient en glissant le long de ses bras. Elle entra avec une telle hâte, digne d'une propriétaire, et observa les meubles d'une façon si possessive que je me demandai si elle vivait ici. Mais lorsque je le lui demandai, elle rit à gorge déployée, répéta ma question à haute voix, puis me répondit qu'elle vivait avec une amie dans un hôtel.

M. McKee était un homme pâle et efféminé qui vivait dans l'appartement du dessous. Il venait de se raser, car il y avait un point blanc de mousse sur sa pommette, et il était extrêmement respectueux dans sa façon de saluer toutes les personnes présentes dans la pièce. Il m'informa qu'il était dans le « monde artistique », et j'en conclus un peu plus tard qu'il était photographe et avait réalisé le sombre agrandissement de la mère de Mme Wilson qui planait sur le mur tel un ectoplasme. Sa femme avait une voix stridente, était léthargique, belle et affreuse. Elle me confia avec fierté que son mari l'avait photographiée cent vingt-sept fois depuis leur mariage.

Mme Wilson avait de nouveau changé de tenue peu avant l'arrivée des invités, et était maintenant affublée d'une robe d'après-midi sophistiquée en mousseline de soie couleur crème, qui émettait un bruit incessant de froufrou alors qu'elle circulait dans la pièce. Influencée par sa robe, sa personnalité avait également subi quelque changement. L'intense vitalité qui avait été si évidente dans le garage fut changée en un dédain impressionnant. Son rire, ses gestes, ses affirmations dénotaient plus de violence d'un instant à l'autre, et alors qu'elle se gonflait de plus en plus, la pièce rapetissa autour d'elle, jusqu'à ce qu'elle ait l'air de tourner autour d'un pivot bruyant et grinçant dans l'air enfumé.

— Ma chère, dit-elle à sa sœur dans un hurlement haut perché et maniéré, la plupart des gens ne cherchent qu'à te rouler. Ils ne pensent qu'à l'argent. J'ai fait venir une femme la semaine dernière pour jeter un œil à mes pieds, et quand elle m'a tendu la facture, on aurait dit qu'elle m'avait retiré l'appendice.

— Comment s'appelait-elle ? demanda Mme McKee.

— Mme Eberhardt. Elle se déplace chez les clients pour examiner leurs pieds à domicile.

— J'aime beaucoup votre robe, remarqua Mme McKee. Je la trouve adorable.

Mme Wilson rejeta le compliment en haussant un sourcil empli de mépris.

— Ce n'est qu'une vieille fripe, dit-elle. Je l'enfile parfois, quand je me fiche de l'apparence que je peux avoir.

— Eh bien elle est magnifique sur vous, si vous voyez ce que je veux dire, poursuivit Mme McKee. Si Chester pouvait tirer votre portrait dans cette pose, je pense qu'il pourrait en faire quelque chose.

Nous regardâmes tous Mme Wilson en silence, qui écarta une mèche de cheveux de devant ses yeux et nous observa avec un sourire radieux. M. McKee l'examina intensément, sa tête penchée d'un côté, puis il bougea lentement sa main d'avant en arrière devant son visage.

— Il faudrait que je change l'éclairage, finit-il par prononcer. J'aimerais faire ressortir les traits. Et j'essaierais de tirer ses cheveux en arrière.

— Inutile de changer l'éclairage ! hurla Mme McKee. Je pense que c'est...

Son mari la gratifia d'un « chut ! » et nous tournâmes tous de nouveau les yeux vers le sujet ; à cet instant, Tom Buchanan bâilla sans retenue, afin que tout le monde l'entende, puis se leva.

— M. et Mme McKee, je vais vous servir à boire, annonça-t-il. Myrtle, va chercher plus de glaçons et d'eau minérale, avant que tout le monde ne s'endorme.

— J'ai demandé au garçon d'aller chercher des glaçons.

Elle haussa les sourcils, désespérée face à l'indolence des classes inférieures.

— Ces gens alors ! Il faut toujours être derrière eux.

Elle me regarda et se mit à rire inutilement. Elle fondit ensuite sur son chien, l'embrassa avec ravissement, puis fila dans la cuisine, comme si une dizaine de chefs y attendaient ses ordres.

— J'ai fait de jolies choses à Long Island, affirma M. McKee.

Tom le regarda d'un air ahuri.

— Nous avons encadré deux d'entre elles à l'étage du dessous.

— Deux quoi ? demanda Tom.

— Deux études. J'appelle la première *Montauk Point – Les Mouettes*, et l'autre *Montauk Point – La Mer*.

La sœur Catherine s'assit à côté de moi sur le canapé.

— Vous vivez également à Long Island ? m'interrogea-t-elle.

— À West Egg.

— Vraiment ? J'y étais le temps d'une soirée il y a environ un mois. Chez un homme du nom de Gatsby. Le connaissez-vous ?

— C'est mon voisin.

— Eh bien, on dit que c'est un neveu ou un cousin du Kaiser Wilhelm. C'est de là que provient toute sa fortune.

— Vraiment ?

Elle hocha la tête.

— Il me fait peur. Je ne voudrais avoir affaire à lui sous aucun prétexte.

Cette information fascinante sur mon voisin fut interrompue par Mme McKee qui pointa soudainement son doigt vers Catherine :

— Chester, je pense que tu pourrais faire quelque chose avec *elle*, hurla-t-elle.

Mais M. McKee se contenta de hocher la tête d'un air ennuyé, puis reporta son attention sur Tom.

— J'aimerais pouvoir travailler davantage à Long Island, si j'avais la possibilité d'y avoir des contacts. Tout ce que je demande, c'est qu'ils me mettent le pied à l'étrier.

— Demandez à Myrtle, dit Tom, laissant échapper un bref éclat de rire lorsque Mme Wilson pénétra dans la pièce avec un plateau. Elle vous adressera une lettre de recommandation, n'est-ce pas, Myrtle ?

— De quoi ? demanda-t-elle, surprise.

— Tu fourniras à McKee une lettre de recommandation à l'attention de ton mari, pour qu'il puisse en faire quelques études.

Ses lèvres bougèrent silencieusement un instant alors qu'il inventait :

— *George B. Wilson à la Pompe à Essence*, ou quelque chose de ce genre.

Catherine se pencha vers moi et murmura à mon oreille :

— Aucun d'eux ne supporte la personne à qui ils sont mariés.

— Vraiment ?

— Ils ne les *supportent* pas.

Elle regarda Myrtle, puis Tom.

— Je veux dire, pourquoi aller vivre avec eux s'ils ne les supportent pas ? À leur place, je divorcerais et me marierais avec l'autre sur-le-champ.

— Elle n'aime pas Wilson non plus ?

La réponse fut inattendue. Elle sortit de la bouche de Myrtle, qui avait entendu la question par hasard, et cette dernière fut violente et obscène.

— Vous voyez ! hurla victorieusement Catherine.

Elle baissa de nouveau la voix.

— C'est uniquement sa femme à lui qui les sépare. Elle est catholique, et ces gens-là sont contre le divorce.

Daisy n'était pas catholique, et je fus légèrement choqué de l'élaboration de ce mensonge.

— Lorsqu'ils se marieront, poursuivit Catherine, ils partiront vivre quelque temps dans l'Ouest jusqu'à ce que l'affaire soit oubliée.

— Il serait plus discret de partir en Europe.

— Oh, vous aimez l'Europe ? s'exclama-t-elle avec surprise. Je viens juste de rentrer de Monte-Carlo.

— Vraiment ?

— Pas plus tard que l'année dernière. J'y suis allée avec une autre fille.

— Vous y êtes restée longtemps ?

— Non, nous sommes seulement allées à Monte-Carlo, puis nous sommes rentrées. Nous nous sommes arrêtées à Marseille en chemin. À notre arrivée, nous avions plus de 12 000 dollars, mais en deux jours, nous nous sommes fait dépouiller dans des salons privés. Je peux vous dire que le retour a été extrêmement compliqué. Mon Dieu, que j'ai détesté cette ville !

Le ciel de fin d'après-midi s'épanouit un instant à la fenêtre, comme le miel bleu de la Méditerranée – puis la voix stridente de Mme McKee me ramena dans la pièce.

— J'ai presque fait une erreur, moi aussi, annonça-t-elle énergiquement. J'ai failli épouser un petit youpin qui me courait après depuis des années. Je savais qu'il n'était pas assez bien pour moi. Tout le monde me disait : « Lucille, cet homme n'est clairement pas assez bien pour toi ! » Mais si je n'avais pas rencontré Chester, il m'aurait eue, pour sûr !

— Certes, mais voyez-vous, dit Myrtle Wilson en hochant la tête de haut en bas, au moins, vous ne l'avez pas épousé.

— Je le sais bien.

— Moi, je l'ai fait, déclara Myrtle de façon ambiguë. C'est là toute la différence entre votre cas et le mien.

— Et pourquoi l'as-tu épousé, Myrtle ? demanda Catherine. Personne ne t'y a forcée.

Myrtle réfléchit un instant.

— Je me suis mariée avec lui parce que je pensais que c'était un gentleman, finit-elle par dire. Je pensais qu'il avait une bonne éducation, mais il ne méritait même pas de lécher mes chaussures.

— Tu as été folle de lui pendant un temps, ajouta Catherine.

— Folle de lui ! hurla Myrtle d'un air incrédule. Qui a dit que j'étais folle de lui ? Je n'ai pas été plus folle de lui que de l'homme là-bas.

Elle me pointa soudain du doigt, puis tout le monde me lança un regard accusateur. J'essayai de faire transparaître par mon visage que je n'attendais aucune affection de sa part.

— La seule fois où je fus *folle* se passa lorsque je l'épousai. Je sus instantanément que j'avais commis une erreur. Il avait emprunté le costume d'un autre pour se marier, et ne m'en avait jamais parlé. Un jour alors qu'il était sorti, l'homme en question est venu le récupérer : « Oh, c'est votre costume ? Je l'ignorais totalement », ai-je dit. Je le lui ai tout de même rendu, puis je me suis affalée sur mon lit et j'ai hurlé à m'en rompre les cordes vocales tout l'après-midi.

— Elle devrait vraiment le quitter, reprit Catherine à mon intention. Ils vivent au-dessus de ce garage depuis onze ans. Et Tom est le premier petit ami qu'elle a jamais eu.

La bouteille de whisky – une deuxième – était à présent sollicitée de toutes parts, sauf pour Catherine, qui « n'avait pas besoin de cela pour se sentir bien ». Tom appela le concierge et l'envoya chercher quelques sandwichs renommés, qui représentaient à eux seuls un repas complet. Je voulais sortir d'ici et déambuler vers l'est, en direction du parc, dans le doux crépuscule, mais chaque fois que j'essayais de m'esquiver, je me retrouvais mêlé à une discussion animée emplie de voix stridentes qui me repoussait dans mon fauteuil, comme par des liens invisibles. Et pourtant, très haut au-dessus de la ville, notre rangée de fenêtres jaunes devait avoir servi son lot de secrets humains au passant lambda dans les rues qui s'assombrissaient. Je le vis également, levant les yeux en s'interrogeant. J'étais à la fois à l'intérieur et à l'extérieur, simultanément charmé et rebuté par l'inépuisable diversité de la vie.

Myrtle tira sa chaise près de la mienne, et soudain, son haleine tiède me déversa l'histoire de sa première rencontre avec Tom.

— C'était sur ces deux petits sièges l'un en face de l'autre, qui sont toujours les dernières places libres dans le train. Je me rendais à New York pour voir ma sœur et y passer la nuit. Il avait un smoking et des chaussures en cuir verni, et je n'arrivais pas à en détacher mes yeux, mais chaque fois qu'il me regardait, je devais faire semblant de lire l'affiche publicitaire au-dessus de sa tête. Lorsque nous sommes descendus à la gare, il se trouvait à côté de moi, et son plastron blanc se pressa contre mon bras. Je lui ai donc dit que j'allais appeler la police, mais il savait que je mentais. J'étais si excitée que lorsque je suis montée dans un taxi avec lui, j'étais à peine consciente que je ne me trouvais pas dans une rame de métro. Je ne pouvais arrêter de penser sans relâche : « On ne vit qu'une fois ; on ne vit qu'une fois. »

Elle se tourna vers Mme McKee, puis la pièce s'emplit de son rire artificiel.

— Ma chère, cria-t-elle, je vais vous donner cette robe dès que je m'en serai lassée. Je dois en acquérir une nouvelle demain. Je vais faire une liste de toutes les choses que je dois acheter. Un massage, une permanente, un collier pour le chien, un de ces mignons petits cendriers où on appuie sur un ressort, et une couronne de fleurs avec un nœud en soie noire pour la tombe de maman, qui durera tout l'été. Il faut que j'écrive la liste pour que je n'oublie pas toutes les choses que j'ai à faire.

Il était vingt-et-une heures – je consultai ma montre presque tout de suite après, et découvris qu'il était vingt-deux heures. M. McKee était endormi dans un fauteuil, ses poings serrés sur ses genoux, comme une photographie d'un homme d'action. Je sortis mon mouchoir de ma poche et essuyai sur sa joue le résidu de mousse à raser séché qui m'avait perturbé tout l'après-midi.

Le petit chien était assis sur la table, regardant de ses yeux aveuglés à travers la fumée, et grognant faiblement de temps à autre. Les convives disparaissaient, réapparaissaient, planifiaient de se rendre quelque part, puis se perdaient, se cherchaient, se retrouvaient à quelques mètres de là. Aux alentours de minuit, Tom Buchanan et Mme Wilson se tenaient face à face, et débattaient, avec une grande ferveur dans la voix, sur l'interdiction de Mme Wilson à mentionner le nom de Daisy.

— Daisy ! Daisy ! Daisy ! hurla Mme Wilson. Je le dis si j'en ai envie ! Daisy ! Dai…

D'un geste vif et adroit, Tom Buchanan lui cassa le nez avec le plat de sa main.

Il y eut ensuite des serviettes ensanglantées sur le sol de la salle de bains, des voix féminines chargées de réprimandes, et bien au-dessus de toute cette confusion, une longue plainte brisée de douleur. M. McKee émergea de son sommeil et se dirigea vers la porte, abasourdi. À la moitié du chemin, il se retourna et balaya la scène du regard – sa femme et Catherine qui houspillaient et réconfortaient alors qu'elles trébuchaient ici et là sur la multitude de meubles, au milieu de nombreuses fournitures de premiers secours, et la silhouette désespérée sur le canapé, saignant abondamment, essayant d'étaler un exemplaire du *Town Tattle* sur les scènes de Versailles de la tapisserie. Puis M. McKee se tourna de nouveau et poursuivit sa route en direction de la porte. Je saisis mon chapeau sur le lustre et le suivis.

— Venez déjeuner un de ces jours, suggéra-t-il alors que l'ascenseur nous faisait redescendre en grinçant.

— Où ?

— N'importe où.

— Ôtez vos mains du levier, dit le garçon d'ascenseur d'un ton sec.

— Je vous prie de m'excuser, répondit M. McKee avec dignité. Je n'avais pas réalisé que je le touchais.

— Très bien, acquiesçai-je. Ce serait avec plaisir.

… Je me tenais à côté de son lit, et il était redressé entre les draps, seulement affublé de ses sous-vêtements, un grand portfolio dans les mains.

— *La Belle et la Bête… Solitude… Vieux Cheval de Trait… Pont d'Brooklyn…*

Puis j'étais étendu, à moitié endormi, au rez-de-chaussée glacé de la gare de Pennsylvanie, les yeux rivés sur le *Tribune* du matin, attendant le train de quatre heures.

III

Les nuits d'été, de la musique émergeait de la maison voisine. Dans ses jardins bleus, hommes et jeunes femmes allaient et venaient comme des papillons de nuit parmi les chuchotements, le champagne et les étoiles. Les après-midis de marée haute, j'observais ses invités plonger depuis le mât de son radeau, ou prendre un bain de soleil sur le sable chaud de sa plage, alors que ses deux canots à moteur fendaient les eaux du Sound, tirant des aquaplanes sur des cataractes d'écume. Les week-ends, sa Rolls-Royce se transformait en omnibus, des groupes allant en ville à son bord entre neuf heures du matin et en revenant bien après minuit, alors que son break détalait comme un insecte jaune et vif, à l'heure pour tous les trains. Et les lundis, huit domestiques, dont un jardinier supplémentaire, trimaient toute la journée, armés de serpillères, de brosses à récurer, de marteaux et de cisailles, réparant les ravages de la nuit précédente.

Chaque vendredi, cinq caisses d'oranges et de citrons arrivaient d'un marchand de fruits de New York – chaque lundi, ces mêmes fruits quittaient la demeure par la porte de derrière, en une pyramide de moitiés vidées de leur pulpe. Dans la cuisine, une machine pouvait extraire le jus de deux cents oranges en une demi-heure, si un petit bouton était pressé deux cents fois par le pouce d'un majordome.

Au moins une fois toutes les deux semaines, un cortège de décorateurs arrivaient avec des dizaines de mètres de toiles et assez de lumières colorées pour transformer l'immense jardin de Gatsby en sapin de Noël. Sur des tables de buffet, garnies de hors-d'œuvre luisants, des jambons cuits épicés se pressaient contre des salades aux motifs arlequin, ainsi que des pâtés de porc et des dindes qu'un sortilège avait teintées d'un or sombre. Dans le hall principal, un bar avec un comptoir en laiton véritable était monté, pour abriter des bouteilles de gin, des liqueurs ainsi que des cordiaux, oubliés depuis si longtemps que la plupart de ses invitées étaient trop jeunes pour les distinguer les unes des autres.

À dix-neuf heures, l'orchestre était arrivé ; il ne s'agissait pas d'un groupe de cinq musiciens, mais bien d'une pleine fosse de hautbois, trombones, saxophones, violes, cornets, piccolos, tambours altos et bassos. Les derniers baigneurs sont à présent revenus de la plage et s'habillent à l'étage ; les voitures en provenance de New York sont garées assez loin dans l'allée, et déjà les halls, les salons et les vérandas sont emplis de couleurs primaires criardes, les cheveux arborant de nouvelles coupes étranges, les châles dépassant tous les rêves de Castille. Le bar bat son plein, et à l'extérieur, des tournées flottantes de cocktails pénètrent le jardin, jusqu'à ce que l'air soit vivifié par les bavardages et les rires, les allusions et les présentations oubliées sur-le-champ, les rencontres enthousiastes entre des femmes qui ne connaissaient ni d'Ève ni d'Adam.

Les lumières deviennent plus éclatantes à mesure que la Terre s'éloigne du soleil ; à présent, l'orchestre joue de la musique cocktail, et l'opéra des voix monte d'un ton. Rire devient plus aisé à chaque minute qui passe, répandu avec prodigalité, vidé avec un mot réjouissant. Les groupes changent plus rapidement, grossissent avec de nouveaux arrivants, se dissolvent et se forment en même temps ; déjà l'on aperçoit des vagabondes, jeunes femmes confiantes, qui zigzaguent ici et là parmi leurs semblables plus corpulentes et fortes, qui deviennent, pendant un court et joyeux instant, le centre d'un groupe ; puis, grisées par leur triomphe, elles glissent dans la mer changeante de visages, de voix et de couleurs sous la lumière aux variations constantes.

Soudain, l'une de ces bohémiennes, semblable à une opale tremblante, saisit un cocktail dans les airs, l'avale d'un trait pour se donner du courage, puis, bougeant ses mains comme Joe Frisco, se met à danser seule sur la plateforme de toiles. Un silence momentané ; le chef d'orchestre adapte le rythme de la musique pour elle, puis on entend une explosion de bavardages alors que la fausse nouvelle circule : il s'agirait de la doublure de Gilda Gray dans la comédie musicale *Follies*. La fête avait commencé.

Il me semble que le premier soir où je me rendis chez Gatsby, je fus le seul des quelques convives à avoir réellement été invité. Les gens n'étaient pas invités – ils venaient, tout simplement. Ils sautaient dans des automobiles qui les conduisaient jusqu'à Long Island, et atterrissaient curieusement devant la porte de Gatsby. Une fois sur les lieux, ils étaient présentés par quelqu'un qui connaissait le maître de maison, et après cela, ils se comportaient selon les règles de conduite en vigueur dans une fête foraine. Parfois, ils venaient et repartaient sans même avoir rencontré Gatsby, se rendant à la soirée avec une simplicité de cœur qui faisait office de billet d'entrée.

J'avais vraiment été invité. Un chauffeur vêtu d'un uniforme bleu turquoise avait traversé ma pelouse plus tôt ce samedi matin, portant un mot étrangement formel de la part de son employeur : Gatsby serait extrêmement honoré, disait le petit mot, si j'assistais à sa « petite fête » ce soir-là. Il m'avait aperçu de nombreuses fois, et avait l'intention de m'appeler depuis bien longtemps, mais un étrange concours de circonstances l'en avait empêché – signé Jay Gatsby, d'une magnifique plume.

Vêtu de flanelle blanche, je me rendis dans son jardin un peu après dix-neuf heures et déambulai, légèrement mal à l'aise parmi des tourbillons et des tumultes de personnes que je ne connaissais pas – même si, de-ci de-là, j'apercevais un visage que j'avais remarqué dans le train de banlieue. Je fus immédiatement frappé par le nombre de jeunes Anglais dispersés dans la foule ; tous bien habillés, l'air légèrement affamé, parlant à voix basse sur un ton sérieux à des Américains dignes de confiance et prospères. J'étais certain qu'ils leur vendaient quelque chose : des actions, des assurances ou des voitures. Au moins, ils étaient sensiblement conscients de la profusion d'argent du voisinage et convaincus qu'il leur appartiendrait en quelques mots prononcés dans la bonne tonalité.

Dès mon arrivée, je tentai de rencontrer mon hôte, mais les deux ou trois personnes à qui je demandai où il se trouvait me regardèrent avec tant d'étonnement, et nièrent savoir où il était avec tant de véhémence, que je m'éclipsai en direction de la table de cocktail – le seul endroit du jardin où un homme seul pouvait s'attarder sans avoir l'air désorienté ou solitaire.

J'étais sur le point de m'abandonner à la boisson pour noyer mon plus pur embarras lorsque Jordan Baker sortit de la maison et se tint en haut des marches en marbre, se penchant légèrement en arrière et observant le jardin avec un intérêt méprisant.

Bienvenu ou non, je considérai nécessaire de me lier à quelqu'un avant de devoir commencer à adresser des salutations cordiales aux passants.

— Bonsoir ! hurlai-je, m'avançant vers elle.

Ma voix sembla anormalement forte lorsqu'elle résonna à travers le parc.

— Je pensais que vous seriez sans doute ici, répondit-elle d'un air absent lorsqu'il monta les marches. Je me souvenais que vous étiez le voisin de…

Elle prit froidement ma main, comme une promesse de s'occuper de moi dans une minute, et prêta l'oreille à deux jeunes femmes vêtues de deux robes jaunes jumelles, qui s'arrêtèrent au bas des marches.

— Bonsoir ! crièrent-elles en chœur. Navrées que vous n'ayez pas gagné.

Elles parlaient du tournoi de golf. Elle avait perdu la finale la semaine précédente.

— Vous ignorez qui nous sommes, dit l'une des filles en jaune, mais nous vous avons rencontrée ici il y a environ un mois.

— Vous avez teint vos cheveux depuis, remarqua Jordan.

À ces mots, je sursautai, mais les filles s'étaient éloignées avec nonchalance et sa remarque s'adressait à la lune prématurée, sans doute sortie, comme le dîner, du panier d'un traiteur. Le mince bras doré de Jordan reposant sur le mien, nous descendîmes les marches et flânâmes dans le jardin. Un plateau de cocktails flotta jusqu'à nous à travers le crépuscule, puis nous nous assîmes à une table avec les deux jeunes femmes en jaune et trois hommes, chacun nous étant présenté comme M. Mumble.

— Venez-vous souvent à ces soirées ? demanda Jordan à la fille assise à côté d'elle.

— La dernière était celle où je vous ai rencontrée, répondit cette dernière d'une voix alerte et assurée.

Elle se tourna vers son amie :

— Et toi, Lucille ?

Même réponse pour elle.

— J'aime bien venir ici, enchaîna Lucille. Je n'accorde aucune importance à ce que je fais, donc je passe toujours un bon moment. La dernière fois que je suis venue ici, j'ai déchiré ma robe sur une chaise, et il m'a demandé mon nom et mon adresse – moins d'une semaine plus tard, j'ai reçu un paquet venant de chez Croirier, avec une nouvelle robe de soirée à l'intérieur.

— Vous l'avez gardée ? interrogea Jordan.

— Bien sûr que je l'ai gardée. J'avais l'intention de la porter ce soir, mais elle était trop large au niveau de la poitrine et avait besoin d'être reprise. Elle est bleu pétrole avec des perles couleur lavande. Deux cent soixante-cinq dollars.

— C'est assez étrange, un homme qui fait ce genre de choses, remarqua l'autre fille avec passion. Il ne veut créer de problème avec *personne.*

— Qui donc ? demandai-je.

— Gatsby. On m'a dit…

Les deux filles et Jordan se penchèrent en avant en toute confidence.

— On m'a dit qu'on pensait qu'il avait tué un homme, une fois.

Un frisson nous parcourut tous. Les trois messieurs Mumble se penchèrent en avant et écoutèrent avec attention.

— Je ne pense pas que ce soit vraiment *ça*, affirma Lucille avec un certain scepticisme. C'est plutôt qu'il a été un espion allemand durant la guerre.

L'un des hommes hocha la tête pour confirmer ses dires.

— J'ai entendu cela par un homme qui savait tout de lui, qui a grandi en Allemagne avec lui, nous assura-t-il irréfutablement.

— Oh non, enchaîna la première jeune femme, cela ne se peut, car il était dans l'armée américaine durant la guerre.

Alors que notre crédulité se reportait sur elle, elle se pencha en avant avec enthousiasme.

— Regardez-le quelquefois, lorsqu'il pense que personne ne l'observe. Je parierais qu'il a tué un homme.

Elle plissa les yeux et frissonna. Lucille fit de même. Nous nous retournâmes tous pour chercher Gatsby des yeux. Voilà une preuve de la spéculation romanesque qu'il inspirait : des murmures à son sujet sortant de la bouche de ceux qui avaient trouvé quelque petite information qu'il était nécessaire de chuchoter au monde entier.

Le premier dîner – il y en aurait un autre après minuit – était présentement servi, et Jordan m'invita à me joindre à son propre groupe, dont les membres étaient éparpillés autour d'une table à l'autre bout du jardin. S'y trouvaient trois couples mariés ainsi que le cavalier de Jordan, un étudiant obstiné lâchant sans cesse des allusions virulentes, et visiblement persuadé que tôt ou tard, Jordan se livrerait à lui à un degré plus ou moins complet. Au lieu de se disperser, ce groupe avait préservé une digne homogénéité, et s'attribuait la fonction de représenter la noblesse guindée de la campagne – East Egg condescendant à fréquenter West Egg, et extrêmement vigilant concernant sa gaieté spectroscopique.

— Allons-nous-en, murmura Jordan après une déraisonnable demi-heure plutôt inconvenante. C'est bien trop guindé pour moi.

Nous nous levâmes, puis elle m'expliqua que nous allions trouver notre hôte : je ne l'avais jamais rencontré, dit-elle, et cela me mettait mal à l'aise. L'étudiant hocha la tête de façon dubitative et mélancolique.

Le bar, vers lequel nous jetâmes un coup d'œil en premier, était noir de monde, mais Gatsby n'y était pas. Elle n'arriva pas à le localiser du haut des marches, et il ne se trouvait pas non plus dans la véranda. Par hasard, nous poussâmes une porte imposante et pénétrâmes dans une immense bibliothèque de style gothique, en bois de chêne anglais sculpté, et sans doute importée de quelque ruine d'outre-mer.

Un homme corpulent d'âge mûr, arborant d'énormes lunettes rappelant les yeux d'un hibou, était assis à l'extrémité d'une grande table, quelque peu éméché, regardant fixement les étagères de livres avec une concentration instable. Lorsque nous entrâmes, il se retourna frénétiquement et examina Jordan de la tête aux pieds.

— Que croyez-vous ? demanda-t-il impétueusement.

— À propos de quoi ?

Il désigna les étagères de sa main.

— De cela. De fait, nul besoin de vérifier. Je vous l'assure. Ils sont réels.

— Les livres ?

Il acquiesça.

— Tout à fait réels – ils ont des pages et tout ce qu'il faut. Je pensais qu'il s'agissait d'un joli carton résistant. En fait, ils sont tout ce qu'il y a de plus réel. Des pages et – regardez ! Laissez-moi vous montrer.

Prenant notre scepticisme comme allant de soi, il se précipita vers les bibliothèques et revint avec le Premier Volume des *Stoddard Lectures.*

— Voyez ! hurla-t-il victorieusement. Ce livre est une impression authentique. Il m'a bien eu. Ce gars est un vrai Belasco. C'est un triomphe. Quelle minutie ! Quel réalisme ! Il a également su quand s'arrêter – il n'a pas coupé les pages. Mais que voulez-vous ? À quoi vous attendiez-vous ?

Il m'arracha le livre des mains et le replaça hâtivement sur son étagère, marmonnant que si une seule brique était déplacée, toute la bibliothèque pourrait s'effondrer.

— Qui vous a invité ? interrogea-t-il. Ou êtes-vous juste venus comme ça ? J'ai été invité. La plupart des gens sont invités.

Jordan le regarda attentivement, un air joyeux sur le visage, sans répondre.

— J'ai été invité par une femme du nom de Roosevelt, poursuivit-il. Mme Claud Roosevelt. La connaissez-vous ? Je l'ai rencontrée je ne sais plus où hier soir. Je suis ivre depuis environ une semaine maintenant, et j'ai pensé que m'asseoir dans une bibliothèque me ferait dessaouler.

— Est-ce le cas ?

— Un peu, je crois. Je ne peux pas encore le dire. Je ne suis là que depuis une heure. Vous ai-je parlé des livres ? Ils sont réels. Ils sont…

— Vous nous l'avez déjà dit.

Nous lui serrâmes la main avec gravité, puis retournâmes à l'extérieur.

À présent, des invités dansaient sur les toiles dans le jardin ; des hommes d'âge mûr poussaient des jeunes filles en arrière dans d'éternels cercles dépourvus de grâce, des couples aux airs supérieurs se tenaient de façon tortueuse, suivant la mode, et restaient dans les coins – et un grand nombre de filles célibataires dansaient seules ou soulageaient un instant l'orchestre du fardeau du banjo ou des tambours. À minuit, l'hilarité s'était étendue. Un fameux ténor avait chanté en italien, un contralto tristement célèbre avait chanté sur un air de jazz, et entre les numéros, les convives accomplissaient des « acrobaties » partout dans le jardin, alors que de joyeux et stupides éclats de rire s'élevaient vers le ciel estival. Deux jumelles de théâtre, qui n'étaient autres que les filles en jaune, donnèrent un numéro habillées en bébés, puis le champagne fut servi dans des verres plus gros que des rince-doigts. La lune s'était encore élevée dans le ciel, et, flottant sur le Sound, un triangle d'écailles argentées trembla légèrement au bruissement sec et métallique des banjos sur la pelouse.

J'étais toujours avec Jordan Baker. Nous étions assis à une table avec un homme ayant environ le même âge que moi, ainsi qu'une petite fille chahuteuse qui, à la moindre provocation, partait d'un rire incontrôlable. À cet instant, je m'amusais. J'avais avalé deux rince-doigts de champagne, et la scène m'apparaissait maintenant importante, fondamentale et profonde.

Lorsque le spectacle fit une pause, l'homme me regarda et afficha un sourire.

— Votre visage m'est familier, dit-il poliment. Auriez-vous fait partie de la Première Division pendant la guerre ?

— Tout à fait. J'étais dans la 28e Infanterie.

— Je faisais partie de la 16e jusqu'en juin 1918. Je savais bien que je vous avais déjà vu quelque part.

Nous discutâmes un moment de quelques petits villages gris de France. Visiblement, il habitait dans le quartier, car il me dit qu'il venait d'acheter un hydravion et prévoyait de l'essayer le lendemain matin.

— Voulez-vous m'accompagner, vieux frère ? Tout près du rivage, le long du Sound.

— À quelle heure ?

— Quand cela vous arrange.

J'étais sur le point de lui demander son nom lorsque Jordan se retourna et sourit.

— Vous vous amusez bien, maintenant ? s'enquit-elle.

— Bien mieux, en effet.

Je me retournai vers ma nouvelle connaissance.

— Il s'agit là d'une fête inhabituelle pour moi. Je n'en ai même pas vu l'hôte. Je vis là-bas…

Je désignai de la main la haie invisible au loin.

— … et cet homme, Gatsby, a envoyé son chauffeur me remettre une invitation.

Pendant un instant, il me regarda comme s'il avait mal compris.

— Je suis Gatsby, dit-il soudain.

— Comment ! m'exclamai-je. Oh, je vous demande pardon.

— Je pensais que vous le saviez, vieux frère. J'ai bien peur de ne pas être un très bon hôte.

Il afficha un sourire compréhensif – bien plus que compréhensif. C'était l'un de ces rares sourires abritant une qualité d'éternel réconfort, de ceux que vous rencontrez quatre ou cinq fois dans votre vie. Il faisait face – ou en tout cas le semblait-il – au monde éternel tout entier pendant un moment, puis se concentrait sur *vous* avec un irrésistible préjugé en votre faveur. Il vous comprenait comme vous souhaitiez être compris, croyait en vous comme vous aimeriez croire en vous, et vous assurait qu'il avait de vous précisément l'impression qu'au mieux vous espériez donner. À cet instant précis, il s'évanouit – puis je contemplai un jeune rustre élégant, de trente-et-un ou trente-deux ans, dont la formalité recherchée du discours frôlait l'absurde. Avant qu'il ne se présente, j'avais grandement l'impression qu'il choisissait minutieusement ses mots.

Juste après que M. Gatsby s'était présenté, un majordome se précipita vers lui, l'informant que Chicago était en ligne. Il prit congé en s'inclinant légèrement vers chacun d'entre nous, l'un après l'autre.

— Si vous avez besoin de quoi que ce soit, il suffit de demander, vieux frère, me conseilla-t-il. Veuillez m'excuser. Je vous rejoindrai plus tard.

Lorsqu'il fut parti, je me tournai immédiatement vers Jordan – contraint de lui assurer mon étonnement. Je m'attendais à ce que M. Gatsby soit un homme rougeaud et corpulent d'un âge mûr.

— Qui est-il ? demandai-je. Le savez-vous ?

— Ce n'est qu'un homme nommé Gatsby.

— Je voulais dire : d'où vient-il ? Et que fait-il ?

— Maintenant, vous êtes également lancé sur le sujet, répondit-elle avec un faible sourire. Eh bien, il m'a dit un jour qu'il avait étudié à Oxford.

Un tableau encore flou commença à prendre forme derrière lui, mais à sa remarque suivante, il s'évanouit.

— Cependant, je n'y crois pas.

— Pourquoi cela ?

— Je ne sais pas, insista-t-elle. Je pense seulement qu'il n'y est pas allé.

Quelque chose dans le ton de sa voix me rappelait les autres filles « Je pense qu'il a tué un homme », et eut pour effet d'attiser ma curiosité. J'aurais accepté sans conteste l'information que Gatsby eût surgi des marécages de Louisiane ou du Lower East Side de New York. C'était envisageable. Mais les jeunes hommes ne dérivent pas tranquillement en arrivant de nulle part puis achètent un palais à Long Island – en tout cas, selon mon inexpérience provinciale, je pensais qu'ils ne le faisaient pas.

— Quoi qu'il en soit, il organise de grandes fêtes, reprit Jordan, changeant de sujet avec un dégoût urbain pour les choses concrètes. Et j'aime les grandes fêtes. Elles sont si intimes. Aux soirées en petit comité, il n'y a aucune intimité.

On entendit le retentissement d'une grosse caisse, puis la voix du chef d'orchestre résonna soudain au-dessus de l'écholalie du jardin.

— Mesdames et Messieurs, hurla-t-il. À la demande de M. Gatsby, nous allons jouer pour vous la dernière composition de M. Vladimir Tostoff, qui a tant attiré l'attention au Carnegie Hall en mai dernier. Si vous lisez les journaux, vous savez donc qu'elle a fait sensation.

Il sourit avec une joviale condescendance, puis ajouta :

— Et quelle sensation !

À ces mots, tous les invités se mirent à rire.

— Ce morceau est connu sous le nom de *Vladimir Tostoff's Jazz History of the World* ! conclut-il énergiquement.

La nature de la composition de M. Tostoff m'échappa, car dès les premières notes, mon regard tomba sur Gatsby, se tenant seul en haut des marches en marbre, regardant un groupe, puis un autre, d'un air approbateur. Sa peau bronzée se tendait joliment sur son visage, et ses cheveux courts donnaient l'impression d'être rafraîchis chaque jour. Je ne percevais rien de sinistre en lui. Je me demandai si le fait qu'il ne bût pas aidait à ce qu'il se démarque de ses invités, car il me paraissait devenir de plus en plus correct à mesure que l'hilarité fraternelle enflait. Lorsque la *Jazz History of the World* fut terminée, les jeunes femmes reposèrent leur tête sur l'épaule des hommes d'une façon sociable et semblable à celle d'un petit chiot, d'autres faisaient malicieusement mine de tomber à la renverse dans les bras des hommes, même au milieu de groupes, sachant que quelqu'un les rattraperait dans leur chute – mais personne ne tomba dans les bras de Gatsby, aucun carré court ne se reposa sur l'épaule de Gatsby, et aucun quatuor de chanteurs ne fut formé avec Gatsby en vedette.

— Excusez-moi.

Le majordome de Gatsby se tenait soudain à côté de nous.

— Miss Baker ? demanda-t-il. Veuillez m'excuser, mais M. Gatsby aimerait vous parler en privé.

— À moi ? s'exclama-t-elle, surprise.

— Oui, Madame.

Elle se leva lentement, haussant les sourcils pour me témoigner son étonnement, et suivit le majordome en direction de la maison. Je remarquai qu'elle portait sa robe de soirée, toutes robes à vrai dire, comme des vêtements de sport – il y avait une sorte de gaieté dans ses mouvements, comme si elle avait appris à marcher sur les terrains de golf lors de matinées claires et fraîches.

J'étais seul et deux heures du matin approchaient. Pendant quelques instants, des bruits confus et intrigants émergèrent d'une longue pièce avec de nombreuses fenêtres qui surplombaient la terrasse. Échappant à l'étudiant de Jordan, qui était à présent engagé dans une conversation obstétrique avec deux filles du chœur, et qui me suppliait de le rejoindre sur le sujet, j'entrai dans la maison.

L'immense pièce était remplie de monde. L'une des filles en jaune jouait du piano, et à côté d'elle se tenait une grande jeune femme rousse issue d'un chœur célèbre, qui était en train de chanter. Elle avait bu quantité de champagne, et pendant sa chanson, elle avait décidé, maladroitement, que tout était très, très triste – elle ne faisait pas que chanter, elle pleurait également. Elle remplissait chaque pause de sanglots haletants, brisés, puis reprenait les paroles d'une voix tremblante de soprano. Les larmes coulaient le long de ses joues – non en toute liberté, cependant, car lorsqu'elles entraient en contact avec ses cils excessivement couverts de gouttes, elles devenaient aussi noires que de l'encre, puis poursuivaient leur course en de lents ruisselets noirs. Il fut suggéré avec humour qu'elle chantait les notes sur son visage, après quoi elle leva les bras, s'enfonça dans un fauteuil et plongea dans un profond sommeil vineux.

— Elle s'est disputée avec un homme qui affirme être son mari, expliqua une fille à mes côtés.

Je regardai autour de moi. La plupart des femmes présentes dans la pièce se disputaient à présent avec des hommes qui disaient être leurs maris. Même le groupe de Jordan, le quatuor d'East Egg, était fendu de dissension. L'un des hommes parlait avec une étrange intensité à une jeune actrice, et sa femme, après avoir tenté de rire de la situation d'une façon digne et indifférente, éclata en sanglots et eut recours à des coups donnés dans le flanc – régulièrement, elle apparaissait soudainement à côté de lui étincelante de colère comme un diamant et sifflait à son oreille : « Tu as promis ! »

La réticence à rentrer chez soi ne se limitait pas aux hommes rebelles. Le hall était à présent occupé par deux hommes déplorablement sobres et leurs femmes hautement indignées. Ces dernières sympathisaient en parlant d'une voix assez forte.

— Chaque fois qu'il voit que je m'amuse, il veut rentrer à la maison.

— Je n'ai jamais rien entendu d'aussi égoïste de ma vie.

— Nous sommes toujours les premiers à partir.

— Pareil pour nous.

— Eh bien, nous sommes presque les derniers, ce soir, remarqua honteusement l'un des hommes. L'orchestre est parti depuis une demi-heure.

Malgré l'accord des femmes sur le fait qu'une telle malveillance était incroyable, la dispute prit fin lors d'une courte lutte, et les deux épouses furent soulevées à bras le corps, se débattant, et disparurent dans la nuit.

Alors que j'attendais de récupérer mon chapeau dans le hall, la porte de la bibliothèque s'ouvrit, puis Jordan Baker et Gatsby en sortirent. Il lui lançait quelque dernière parole, mais son enthousiasme se tendit brusquement en solennité lorsque de nombreuses personnes l'approchèrent pour lui dire au revoir.

Le groupe de Jordan l'appelait avec impatience depuis le porche, mais elle s'attarda un instant pour me serrer la main.

— Je viens d'apprendre une chose des plus incroyables, chuchota-t-elle. Combien de temps sommes-nous restés là-dedans ?

— Environ une heure.

— C'était… tout bonnement incroyable, répéta-t-elle distraitement. Mais j'ai juré de ne rien dire à personne, et me voilà à vous titiller.

Elle bâilla avec grâce devant moi.

— Je vous en prie, venez me rendre visite… L'annuaire… Sous le nom de Mme Sigourney Howard… Ma tante…

Elle partit rapidement en même temps qu'elle parlait – sa main bronzée adressa un salut élégant alors qu'elle se fondait dans les membres de son groupe à la porte.

Assez honteux d'être resté si tard lors de ma première apparition ici, je rejoignis les derniers invités de Gatsby, regroupés autour de lui. Je souhaitais lui expliquer que je l'avais cherché plus tôt dans la soirée, ainsi que m'excuser de ne pas l'avoir reconnu dans le jardin.

— N'en parlons plus, m'exhorta-t-il avec enthousiasme. N'y pensez plus, vieux frère.

L'expression ne contenait pas plus de familiarité que la main qui brossait mon épaule d'un geste rassurant.

— Et n'oubliez pas que nous testons l'hydravion demain matin, à neuf heures.

Puis le majordome, derrière son épaule :

— Philadelphie vous demande au téléphone, Monsieur.

— Très bien, une minute. Dites-leur que j'arrive… Bonne nuit.

— Bonne nuit.

— Bonne nuit, répéta-t-il en souriant.

Soudain, il sembla y avoir une plaisante importance à être l'un des derniers à partir, comme s'il avait souhaité cela dès le départ.

— Bonne nuit, vieux frère… Bonne nuit.

Mais lorsque je descendis les marches, je vis que la soirée n'était pas encore tout à fait terminée. À une quinzaine de mètres de la porte, une dizaine de phares éclairaient une scène étrange et tumultueuse. Dans le fossé au bord de la route, certes non retourné, mais violemment privé d'une roue, était posé un coupé flambant neuf qui avait quitté l'allée de Gatsby à peine deux minutes plus tôt. La saillie d'un muret avait provoqué le détachement de la roue, qui attirait maintenant l'attention d'une demi-douzaine de chauffeurs curieux. Cependant, étant donné qu'ils avaient quitté leurs voitures qui bloquaient à présent la route, on entendit pendant un certain temps un vacarme violent et discordant venant de ceux stationnés derrière ces dernières, ce qui ajouta une violente confusion supplémentaire à la scène qui l'était déjà bien assez.

Un homme vêtu d'un long cache-poussière était descendu du tacot et se tenait à présent au milieu de la route, son regard passant de la voiture au pneu, puis du pneu aux observateurs, en affichant une charmante perplexité.

— Regardez ! expliqua-t-il. Il est parti dans le fossé.

La situation lui était extrêmement surprenante, et je reconnus d'abord la qualité inhabituelle d'émerveillement, puis l'homme lui-même – il s'agissait du mécène aviné dans la librairie de Gatsby.

— Comment est-ce arrivé ?

Il haussa les épaules.

— Je ne connais rien à la mécanique, dit-il fermement.

— Mais comment est-ce arrivé ? Êtes-vous rentré dans le muret ?

— Je n'en sais fichtre rien, répondit Yeux-de-Hibou, se lavant les mains de l'incident. Je sais très peu de choses sur la conduite – presque rien, à vrai dire. C'est arrivé, c'est tout ce que je sais.

— Eh bien, si vous êtes un piètre conducteur, vous ne devriez pas essayer de conduire de nuit.

— Mais je n'essayais même pas, expliqua-t-il avec indignation. Je n'essayais même pas.

Un silence impressionné tomba sur les spectateurs.

— Vous cherchez à vous suicider ?

— Vous avez de la chance que ce n'ait été qu'une roue ! Un mauvais conducteur et qui *n'essaie* même pas !

— Vous ne comprenez pas, poursuivit le criminel. Je n'étais pas en train de conduire. Il y a un autre homme dans la voiture.

Le choc qui suivit cette déclaration s'exprima à travers un « Ahhh ! » lorsque la portière du coupé s'ouvrit lentement. La foule – car c'était maintenant une foule – recula involontairement, et lorsque la portière fut entièrement ouverte, il y eut un silence de mort. Puis, progressivement, petit à petit, un individu pâle et dégingandé sortit de la voiture accidentée, tâtant avec hésitation le sol avec une grande chaussure de danse peu assurée.

Aveuglée par l'éclat des phares et désorientée par le grognement incessant des klaxons, l'apparition chancela un moment avant d'apercevoir l'homme au cache-poussière.

— Qu'est-ce qui s'passe ? s'enquit-elle calmement. On est en panne d'essence ?

— Regardez !

Une demi-douzaine de doigts désigna la roue amputée – il la regarda un instant, puis leva les yeux, comme s'il soupçonnait qu'elle était tombée du ciel.

— Elle s'est détachée, expliqua quelqu'un.

Il hocha la tête.

— Au départ, j'avais même pas réalisé qu'on s'était arrêté.

Un silence. Puis, prenant une grande inspiration et étirant ses épaules, il remarqua d'une voix déterminée :

— Est-ce que quelqu'un pourrait m'dire où y aurait une station essence ?

Au moins dix hommes, certains en légèrement meilleur état que lui, lui expliquèrent que la roue et la voiture n'avaient plus aucun lien physique.

— La faire reculer, finit-il par suggérer. Enclencher la marche arrière.

— Mais il n'y a plus de roue !

Il hésita.

— On risque rien à essayer, remarqua-t-il.

Les braillements des klaxons étaient à leur apogée ; je tournai les talons et coupai à travers la pelouse en direction de ma maison. Je me retournai une fois. La lune, comme une hostie, brillait sur la maison de Gatsby, restituant à la nuit sa beauté, survivant aux rires et au vacarme de son jardin encore illuminé. Un vide soudain semblait à présent se déverser des fenêtres et des grandes portes, dotant d'un isolement total la silhouette de l'hôte, qui se tenait sur le porche, sa main levée en guise de geste formel d'adieu.

***

En relisant ce que j'ai écrit jusqu'à maintenant, je constate que je donne l'impression de n'avoir été absorbé que par les évènements de trois soirées séparées par plusieurs semaines. Au contraire, cela ne représentait que de simples épisodes lors d'un été fort rempli, et ils m'absorbèrent infiniment moins que mes affaires personnelles, en tout cas jusqu'à ce que cela change bien plus tard.

La plupart du temps, je travaillais. Tôt le matin, le soleil projetait mon ombre vers l'ouest alors que je descendais en toute hâte les gouffres blancs des bas quartiers de New York pour atteindre la Probity Trust. J'appelais les autres employés et les jeunes courtiers par leur prénom et déjeunais avec eux dans des restaurants sombres et remplis de monde, engloutissant des repas composés de saucisses de porc, de purée et de café. J'eus même une brève aventure avec une fille qui vivait à Jersey City et travaillait au service de comptabilité, mais son frère commença à me lancer des regards noirs, donc lorsqu'elle partit en vacances en juillet, je la quittai en douceur.

Habituellement, je dînais au Yale Club – pour je ne sais quelle raison, c'était le moment le plus morose de ma journée – puis je montais les escaliers pour rejoindre la bibliothèque et étudiais les investissements et les titres pendant une heure consciencieuse. Il y avait généralement quelques émeutiers à l'extérieur, mais ils n'entraient jamais dans la bibliothèque, c'était donc un endroit idéal pour travailler. Après cela, si la nuit était douce, je me promenais le long de Madison Avenue, passais devant le vieux Murray Hill Hotel, puis direction la 33e Rue jusqu'à la gare de Pennsylvanie.

Je commençais à apprécier New York, sa sensation de vigueur et d'aventure la nuit, et la satisfaction que le papillonnement constant d'hommes, de femmes et de machines donne à l'œil agité. J'aimais remonter la 5e Avenue, repérer des femmes romanesques parmi la foule et imaginer que quelques minutes plus tard, j'allais entrer dans leur vie, et personne ne pourrait jamais ni le savoir ni le désapprouver. Parfois, j'imaginais que je les suivais jusqu'à leur appartement, dans des coins de rues cachées, puis elles se retournaient et me rendaient mon sourire avant de passer une porte et disparaître dans une chaleureuse obscurité. Dans le crépuscule enchanté de la métropole, je ressentais parfois une obsédante solitude, et je la percevais également chez les autres – de pauvres jeunes employés qui traînaient devant des devantures, attendant qu'arrive l'heure d'un dîner en solitaire au restaurant – de jeunes employés à la tombée de la nuit, gaspillant les moments les plus poignants de la nuit et de la vie.

De nouveau, à vingt heures, lorsque les sombres allées des 40e Rues étaient remplies de files de taxis vrombissants, destinés à relier le quartier des théâtres, je sentis mon cœur lourd. Des formes se penchaient l'une vers l'autre dans les taxis en attendant d'arriver à destination, des voix chantaient, on entendait un rire en réponse à une blague inentendue, des cigarettes allumées formaient d'inintelligibles cercles à l'intérieur des voitures. Imaginant que moi aussi, je me dirigeais avec hâte vers la gaieté et partageais leur excitation, je leur souhaitais le meilleur.

Pendant quelque temps, je perdis Jordan Baker de vue, puis, au milieu de l'été, je la retrouvai. Je fus d'abord flatté de l'accompagner dans des endroits publics, car c'était une championne de golf, tout le monde connaissait son nom. Puis il y eut quelque chose d'autre. Je n'étais pas vraiment amoureux, mais je ressentais une sorte de curiosité empreinte de tendresse. Le visage ennuyé et hautain qu'elle montrait au monde entier dissimulait quelque chose – la plupart des manières cachent finalement quelque chose, même si ce n'était pas le cas au départ – et un jour, je découvris ce dont il s'agissait. Lorsque nous nous trouvions à une fête à Warwick, elle laissa une voiture qu'elle avait empruntée dehors, sous la pluie, le toit ouvert, et ensuite mentit à ce propos – puis je me rappelai soudain l'histoire la concernant, qui m'avait échappé ce fameux soir chez Daisy. Lors de son premier grand tournoi de golf, un esclandre avait bien failli faire la une des journaux – on avançait qu'elle avait bougé sa balle lors des demi-finales afin de la sortir d'une position qui lui assurait la défaite. Cela prit les proportions d'un vrai scandale – puis s'évanouit. Un caddy revint sur sa déclaration, et le seul autre témoin admit qu'il avait pu se fourvoyer. L'incident et son nom étaient restés liés dans mon esprit.

Instinctivement, Jordan Baker évitait les hommes intelligents et malins, et à présent, je comprenais pourquoi : elle se sentait plus en sécurité à un niveau où la moindre divergence d'un code paraîtrait impossible. Elle était irrémédiablement malhonnête. Elle ne supportait pas de se trouver en position désavantageuse et, compte tenu de cette réticence, je suppose qu'elle avait commencé à développer des subterfuges à un jeune âge, dans le but d'adresser sans faillir ce sourire détaché et insolent au monde tout en satisfaisant les besoins de son corps dur et élégant.

Cela ne faisait aucune différence pour moi. La malhonnêteté chez une femme est une chose qu'on ne blâme jamais profondément – je la regrettai un moment, puis je l'oubliai. À cette même fête, nous eûmes une étrange conversation à propos de sa conduite. Le sujet fut lancé par le fait qu'elle était passée si près de quelques ouvriers que notre aile avait heurté le bouton du manteau de l'un d'eux.

— Tu es une piètre conductrice, protestai-je. Soit tu es plus prudente, soit tu arrêtes de conduire.

— Je suis prudente.

— Non, c'est faux.

— Eh bien, les autres le sont, dit-elle avec légèreté.

— Quel est le rapport ?

— Ils se sortiront de mon chemin, insista-t-elle. Il faut être deux pour avoir un accident.

— Imagine que tu tombes sur quelqu'un d'aussi imprudent que toi.

— J'espère que ça n'arrivera jamais, répondit-elle. Je déteste les gens imprudents. C'est pour ça que je t'apprécie.

Ses yeux gris, aveuglés par le soleil, regardèrent droit devant, mais elle avait délibérément modifié notre relation, et pendant un instant, je crus être amoureux d'elle. Cependant, je pense avec lenteur, et suis rempli de règles intérieures qui agissent comme des freins sur mes désirs, et je savais que je devais d'abord me sortir de cette situation que j'avais provoquée chez moi, dans l'Ouest. Je lui écrivais une lettre une fois par semaine et les signais par : « Avec amour, Nick », et tout ce à quoi je pensais était la façon dont, lorsqu'une certaine fille jouait au tennis, une légère moustache de transpiration apparaissait sur sa lèvre supérieure. Néanmoins, il y avait entre nous un vague accord qu'il fallait briser avant que je puisse être libre.

Chacun se soupçonne d'au moins l'une des vertus cardinales, et voici la mienne : je suis l'une des rares personnes honnêtes que j'ai jamais rencontrées.

IV

Le dimanche matin, alors que les cloches des églises sonnaient dans les villages alentour, chacun avec sa maîtresse retournaient à la maison de Gatsby et scintillaient, hilares, sur sa pelouse.

— C'est un contrebandier, disaient les jeunes femmes, se déplaçant parmi ses cocktails et ses fleurs. Une fois, il a tué un homme qui avait découvert qu'il était le neveu de Vin Hindenburg et le cousin du diable. Cueille-moi une rose, chéri, et verse-moi une dernière goutte dans ce verre en cristal.

Un jour, j'écrivis les noms de ceux qui s'étaient rendus chez Gatsby cet été-là, dans les espaces vierges d'un emploi du temps. Il est à présent vieux, ses coins se désintégrant, avec pour titre « Emploi du temps effectif 5 juillet 1922 ». Mais j'arrive encore à déchiffrer les noms grisés, et ils vous donneront, comparés à mes généralités, une meilleure idée de ceux qui acceptaient l'hospitalité de Gatsby et qui lui offraient le subtil hommage de ne rien savoir à son propos.

Résidant à East Egg, il y avait les Chester Becker et les Leeche, ainsi qu'un homme nommé Bunsen, que j'avais connu à Yale, le docteur Webster Civet, qui s'est noyé dans le Maine l'été dernier. Les Hornbeam et les Willie Voltaire, ainsi que tout un clan nommé Blackbuck, qui se rassemblaient toujours dans un coin et levaient le nez comme des chèvres chaque fois que quelqu'un approchait. Les Ismay et les Chrystie (ou plutôt Hubert Auerbach et la femme de M. Chrystie), ainsi qu'Edgar Beaver, dont les cheveux, disait-on, virèrent au blanc cotonneux un après-midi d'hiver sans aucune raison.

Clarence Endive résidait à East Egg, si je me souviens bien. Il n'était venu qu'une seule fois, vêtu d'un long pantalon blanc, et s'était querellé avec un clochard nommé Etty dans le jardin. Un peu plus loin sur Long Island venaient les Cheadle et les O. R. P. Schraeder, ainsi que les Stonewall Jackson Abrams de Géorgie, les Fishguard et les Ripley Snell. Snell était là trois jours avant de se faire emprisonner, tellement ivre sur l'allée de gravier que l'automobile de Mme Ulysses Swett lui roula sur la main droite. Les Dancie vinrent également, ainsi que S. B. Whitebait, qui avait la soixantaine bien passée, et Maurice A. Flink, les Hammerhead, et Beluga – l'importateur de tabac – avec ses maîtresses.

Résidant à West Egg, il y avait les Pole, les Mulready, Cecil Roebuck, Cecil Schoen, Gulick – le sénateur – Newton Orchid, qui dirigeait Films Par Excellence, Eckhaust et Clyde Cohen, Don S. Schwartz (fils) et Arthur McCarty, tous ayant de près ou de loin un lien avec l'industrie du cinéma. Les Catlip, les Bemberg, G. Earl Muldoon, le frère de ce Muldon qui étrangla sa femme un peu plus tard. Étaient venus Da Fontano, le promoteur, Ed Legros et James B. (Tord-Boyaux) Ferret, les De Jong et Ernest Lilly – ils venaient pour les jeux d'argent, et lorsque Ferret se baladait dans le jardin, cela signifiait qu'il avait été plumé et que le lendemain, le titre Associated Traction fluctuerait de façon rentable.

Un homme du nom de Klipspringer était chez Gatsby si souvent qu'il fut surnommé « le pensionnaire » – je doute qu'il eût une autre maison. Concernant les gens de théâtre, il y eut Gus Waize, Horace O'Donavan, Lester Myer, George Duckweed et Francis Bull. Également de New York, les Chrome, les Kelleher, les Dewar, les Scully, S. W. Belcher, les Smirke, les jeunes Quinn, désormais divorcés, et Henry L. Palmetto, qui s'est suicidé en sautant sous un métro à Times Square.

Benny McClenahan arrivait toujours avec quatre filles à son bras. Ce n'était jamais les mêmes, mais elles étaient toutes si identiques qu'on avait inévitablement l'impression qu'elles étaient déjà venues. J'ai oublié leurs noms – Jacqueline, je crois, ou encore Consuela, ou Gloria, ou Judy, ou June, et leurs noms de famille étaient soit des noms mélodieux de fleurs et de mois de l'année, soit ceux plus austères de grands capitalistes américains dont elles avoueraient, si l'on insistait, être les cousines.

En plus de tous les noms déjà évoqués, je me souviens que Faustina O'Brien était venue chez Gatsby au moins une fois, et les filles Baedeker, le jeune Brewer, dont le nez avait été arraché pendant la guerre, M. Albrucksburger et Miss Haag, sa fiancée, Ardita Fitz-Peters, M. P. Jewett, par le passé chef de la Légion américaine, Miss Claudia Hip, avec un homme présenté comme étant son chauffeur, et un prince quelconque, que l'on appelait Duc, et dont le nom, si je l'ai jamais su, m'échappe.

Toutes ces personnes se rendirent chez Gatsby durant l'été.

***

À neuf heures, par une matinée à la fin du mois de juillet, la magnifique voiture de Gatsby fit une embardée sur le chemin rocailleux jusqu'à ma porte et fit éclater une mélodie issue de son klaxon à trois notes.

C'était la première fois qu'il me rendait visite, même si je m'étais rendu à deux de ses soirées, étais monté dans son hydravion et, suite à une invitation pressante de sa part, avais souvent profité de sa plage.

— Bonjour, vieux frère. Nous déjeunons ensemble aujourd'hui, et j'ai pensé que nous pourrions nous y rendre ensemble.

Il se tenait en équilibre sur le tableau de bord de sa voiture, avec cette ingéniosité de mouvement typiquement américaine – qui, je présume, vient de l'absence de travaux de levage durant l'enfance et, plus encore, de la grâce informe de nos jeux nerveux et irréguliers. Cette qualité perçait sans cesse son attitude minutieuse sous une forme de nervosité. Il ne tenait jamais en place ; toujours un pied tapant sur le sol ou une main impatiente s'ouvrant et se fermant.

Il me vit admirer sa voiture.

— Elle est belle, n'est-ce pas, vieux frère ?

Il sauta hors de l'engin pour m'offrir une meilleure vue.

— Ne l'aviez-vous jamais vue auparavant ?

Bien sûr que je l'avais déjà vue. Comme tout le monde, d'ailleurs. Elle avait une couleur crème intense, étincelante de nickel, bombée ici et là dans sa monstrueuse longueur, avec de triomphantes boîtes à chapeau, des garde-mangers ainsi que des boîtes à outils, et aménagée d'un labyrinthe de parebrises qui reflétaient une dizaine de soleils. Assis derrière de nombreuses couches de verre dans une sorte de véranda de cuir vert, nous nous mîmes en route vers la ville.

Je lui avais peut-être parlé une demi-douzaine de fois en un mois, et j'avais découvert, à ma grande déception, qu'il n'avait pas grand-chose à dire. Donc ma première impression, selon laquelle il s'agissait d'un homme d'une importance indéterminée, avait progressivement disparu ; il était simplement devenu le propriétaire d'un restoroute raffiné.

Puis vint ce troublant voyage en voiture. Nous n'avions pas encore atteint le village de West Egg que Gatsby commença à abandonner ses élégantes phrases inachevées et se taper le genou sous son costume couleur caramel.

— Dites-moi, vieux frère, lança-t-il alors que je ne m'y attendais pas, que pensez-vous finalement de moi ?

Légèrement troublé, j'entamai les dérobades habituelles que mérite cette question.

— Je vais raconter des choses sur moi, interrompit-il. Je ne veux pas que vous ayez une fausse opinion de moi à cause de toutes ces histoires que vous entendez.

Il avait donc connaissance des étranges accusations qui nourrissaient les conversations dans sa maison.

— Je vais vous dire la pure vérité.

Sa main droite ordonna soudain au châtiment divin de se tenir prêt.

— Je suis le fils de certaines personnes aisées dans le Middle West – tous morts désormais. Je fus élevé en Amérique, mais éduqué à Oxford, car tous mes ancêtres y avaient reçu leur éducation depuis des décennies. C'est une tradition familiale.

Il me regarda du coin de l'œil – et je compris pourquoi Jordan Baker avait cru qu'il mentait. Il avait mâché les mots « éduqué à Oxford », ou les avait avalés, ou s'en était étouffé, comme si cela l'avait déjà embarrassé. Et avec ce doute, toute sa déclaration tombait en miettes, et je me demandai s'il n'y avait pas finalement quelque chose de sinistre en lui.

— De quelle région du Middle West ? demandai-je avec désinvolture.

— San Francisco.

— Je vois.

— Tous les membres de ma famille moururent, et j'héritai d'une importance somme d'argent.

Sa voix était solennelle, comme si le souvenir de cette extinction soudaine d'un clan le hantait toujours. Pendant un instant, je le soupçonnai de me faire marcher, mais un coup d'œil vers lui me persuada du contraire.

— Après cela, je vécus comme un jeune rajah dans toutes les capitales européennes – Paris, Venise, Rome – collectionnant des pierres précieuses, majoritairement des rubis, chassant le gros gibier, peignant parfois, uniquement pour moi-même, et essayant d'oublier une chose extrêmement triste qui m'était arrivée il y avait bien longtemps.

Avec un léger effort, je réussis à retenir mon rire incrédule. Ses expressions étaient si usées qu'elles n'évoquaient rien d'autre que l'image d'un « personnage en bois » enturbanné perdant sa sciure par tous les pores alors qu'il pourchassait un tigre à travers le bois de Boulogne.

— Puis vint la guerre, vieux frère. Ce fut un grand soulagement, et je fis tout mon possible pour mourir, mais je semblais disposer d'une vie enchantée. J'acceptai un commandement en tant que premier lieutenant lorsque la guerre débuta. Dans la forêt d'Argonne, je rassemblai ce qu'il restait de mon bataillon de mitrailleurs et les conduisis si loin qu'il y avait un espace de près de deux kilomètres de chaque côté, où l'infanterie ne pouvait avancer. Nous restâmes là deux jours et deux nuits, cent trente hommes avec seize mitrailleuses Lewis, et lorsque l'infanterie finit par débarquer, ils découvrirent l'insigne de trois divisions allemandes parmi les corps entassés. Je fus promu au rang de major, et chaque gouvernement allié me remit une décoration – même le Monténégro, le petit Monténégro, au bord de la mer Adriatique !

Le petit Monténégro ! Il souleva les mots et hocha la tête – avec le sourire. Ce dernier comprenait l'histoire mouvementée du Monténégro et soutenait les luttes courageuses de ses habitants. Il saisissait pleinement l'enchaînement de circonstances nationales qui avait entraîné cet hommage du petit cœur chaleureux du Monténégro. Mon incrédulité était à présent submergée de fascination ; c'était comme parcourir rapidement une dizaine de magazines.

Il enfonça sa main dans sa poche, puis un morceau de métal, accroché à un ruban, me tomba dans la paume.

— Voici celle du Monténégro.

À ma grande surprise, elle paraissait authentique. « Orderi di Danilo », disait la légende circulaire, « Monténégro, Nicolas Rex ».

— Retournez-la.

— *Major Jay Gatsby, Pour Vaillance Extraordinaire*, lus-je.

— Voici autre chose que je garde toujours sur moi. Un souvenir de l'époque d'Oxford. Elle a été prise au Jardin Quad – l'homme à ma gauche est maintenant le comte de Doncaster.

C'était une photographie de six jeunes hommes vêtus de blazers, traînant sous un porche voûté à travers lequel on pouvait voir une kyrielle de flèches. Il y avait Gatsby, l'air légèrement plus jeune –une batte de cricket à la main.

Tout était donc vrai. Je voyais les peaux de tigre brillant dans son palais situé sur le Grand Canal ; je le voyais ouvrir des coffres débordant de rubis pour apaiser, de leurs profondes lueurs pourpres, les rongements de son cœur brisé.

— Je vais vous demander un immense service, aujourd'hui, dit-il en rangeant ses souvenirs dans sa poche d'un air satisfait, donc j'ai pensé que vous deviez savoir quelque chose sur moi. Je ne voulais pas que vous pensiez que je suis n'importe qui. Voyez-vous, je me trouve généralement entouré d'inconnus car je flâne ici et là en essayant d'oublier les tristes choses qui me sont arrivées.

Il hésita.

— Vous en apprendrez plus cet après-midi.

— Au déjeuner ?

— Non, cet après-midi. J'ai appris que vous emmeniez Miss Baker prendre le thé.

— Voulez-vous dire que vous êtes amoureux de Miss Baker ?

— Non, vieux frère, pas du tout. Mais Miss Baker a gentiment accepté de vous entretenir à ce sujet.

Je n'avais pas la moindre idée de ce qu'était « ce sujet », mais j'étais plus ennuyé qu'intéressé. Je n'avais pas invité Jordan à prendre le thé pour parler de M. Jay Gatsby. J'étais certain que sa requête serait quelque chose de complètement improbable, et pendant un instant, je regrettai d'avoir un jour posé le pied sur sa pelouse surpeuplée.

Il n'ajouta pas un mot de plus. Son attitude convenable lui revenait au fur et à mesure que nous nous approchions de la ville. Nous passâmes Port Roosevelt, où l'on put apercevoir des bateaux de haute mer ceinturés de rouge, puis accélérâmes sur les pavés d'un quartier pauvre bordé de bars sombres, toujours remplis, aux dorures passées des années 1900. Puis la vallée de cendres s'ouvrit de chaque côté, et j'aperçus en passant Mme Wilson tirer sur la pompe du garage de toutes ses forces, avec une vitalité haletante.

Les ailes ouvertes comme celles, étirées, d'un oiseau, nous dispersâmes de la lumière sur la moitié d'Astoria – seulement la moitié, car alors que nous zigzaguions entre les piliers du métro aérien, j'entendis le fameux « jug-jug-spat ! » d'une moto, puis un policier furieux apparut roulant à nos côtés.

— Très bien, vieux frère, lui lança Gatsby.

Nous ralentîmes. Sortant une carte blanche de son portefeuille, il la brandit devant les yeux de l'agent.

— Tout est en règle, acquiesça le policier, en levant son képi. Je vous reconnaîtrai la prochaine fois, M. Gatsby. Excusez-*moi* !

— Qu'était-ce ? demandai-je. La photo d'Oxford ?

— J'ai eu l'occasion de rendre service au préfet de police un jour, et il m'envoie chaque année une carte de vœux pour Noël.

Sur le grand pont, à travers les poutres métalliques, les rayons du soleil tremblaient sans cesse en se reflétant sur les voitures en mouvement, la ville s'élevait de l'autre côté de la rivière en de petits amas blancs et morceaux de sucre tous édifiés avec un souhait sorti d'une somme d'argent sans odeur. Vue du Queensboro Bridge, la ville est celle que l'on voit pour la première fois, dans sa folle promesse initiale de révéler tout le mystère et toute la beauté du monde.

Un mort nous dépassa dans un corbillard rempli de fleurs, suivi de deux voitures aux stores baissés, ainsi que d'autres voitures plus gaies pour les amis. Ces derniers nous regardaient avec les yeux tragiques et les lèvres supérieures courtes typiques du sud de l'Europe de l'Est, et j'étais ravi que la vue de la magnifique voiture de Gatsby se fût glissée dans leur sombre jour de congé. Lorsque nous traversâmes Blackwell's Island, une limousine nous dépassa, conduite par un chauffeur blanc, dans laquelle étaient assis trois hommes noirs à la pointe de la mode, deux gars et une fille. J'éclatai de rire lorsqu'ils levèrent les yeux au ciel à notre intention, dans un esprit de rivalité hautaine.

« Tout peut arriver à présent que nous avons passé ce pont », pensai-je. « Tout… »

Même Gatsby pouvait arriver, sans aucune surprise particulière.

***

Midi rugit. Je rejoignis Gatsby pour le déjeuner dans un sous-sol bien ventilé de la 42e rue. Me débarrassant de la clarté de la rue au-dehors en clignant des yeux, je l'aperçus vaguement dans le vestibule, en train de discuter avec un homme.

— M. Carraway, voici mon ami, M. Wolfshiem.

Un petit Juif au nez plat leva sa grande tête et me regarda, deux longues touffes de poils prospérant dans chacune de ses narines. Après un moment, je découvris ses minuscules yeux dans la semi-obscurité.

— ... Donc je l'ai regardé, poursuivit M. Wolfshiem tout en me serrant vigoureusement la main, et *gue* pensez-vous *gue* j'ai fait ?

— Quoi donc ? demandai-je poliment.

Mais à l'évidence, il ne s'adressait pas à moi, car il lâcha ma main et tourna son nez expressif vers Gatsby.

— J'ai tendu l'argent à Katspaugh et j'ai dit : « Très bien, Katspaugh, ne lui donne plus un seul centime jusqu'à ce *gu*'il la ferme. » Il l'a fermée tout de suite.

Gatsby saisit le bras de chacun de nous et se dirigea vers le restaurant, après quoi M. Wolfshiem ravala une autre phrase qu'il venait de commencer, puis glissa doucement dans une abstraction somnambulique.

— Highballs ? demanda le chef de rang.

— C'est un chouette restaurant, constata M. Wolfshiem en observant les nymphes presbytériennes au plafond. Mais je préfère celui d'en face !

— Oui, des highballs, confirma Gatsby.

Puis il se tourna vers M. Wolfshiem.

— Il y fait trop chaud.

— C'est chaud et petit... en effet, concéda M. Wolfshiem. Mais rempli de souvenirs.

— Quel est cet endroit ? demandai-je.

— Le vieux Métropole.

— Le vieux Métropole, répéta M. Wolfshiem d'un air lugubre. Rempli de visages morts et enterrés. D'amis partis pour toujours. Je me souviendrai jusqu'à ma mort de la nuit où ils ont tiré sur Rosy Rosenthal, là-bas. Nous étions six autour de la table, et Rosy avait beaucoup mangé et bu toute la soirée. Lorsque le matin se profilait, le serveur était venu le voir avec un air étrange et avait dit *gue guelgu'un* voulait lui parler dehors. « Très bien », avait répondu Rosy avant de commencer à se lever. Je l'ai rassis sur sa chaise. « Laisse ces bâtards venir ici s'ils veulent te voir, Rosy, mais, je t'en prie, ne sors pas de cette pièce. » Il était alors *guatre* heures du matin, et si l'on avait relevé les stores, on aurait vu la lumière du jour.

— Y est-il allé ? demandai-je innocemment.

— Évidemment.

Le nez de M. Wolfshiem se tourna rapidement vers moi d'un air indigné.

— Il s'est approché de la porte et a dit : « Ne laisse pas le serveur reprendre mon café ! » Puis il est sorti sur le trottoir ; ils ont tiré trois balles dans son ventre rempli et sont partis.

— Quatre d'entre eux ont été électrocutés, avançai-je, pris d'une réminiscence.

— Cinq, avec Becker.

Ses narines se tournèrent vers moi avec intérêt.

— Il paraît *gue* vous cherchez une relation professionnelle.

La juxtaposition de ces deux remarques était surprenante. Gatsby répondit à ma place :

— Oh, non ! s'exclama-t-il. Ce n'est pas l'homme en question.

— Vraiment ?

M. Wolfshiem sembla déçu.

— C'est seulement un ami. Je vous ai dit que nous parlerions de cela plus tard.

— *Exgusez-moi*, répondit M. Wolfshiem. Je me suis trompé d'homme.

Un succulent hachis fut servi, et M. Wolfshiem, oubliant l'atmosphère plus sentimentale du vieux Métropole, commença à manger avec une féroce délicatesse. Pendant ce temps-là, ses yeux balayèrent très lentement toute la pièce autour de nous – il compléta son arc en se retournant pour examiner les personnes assises juste derrière nous. Je pense que si je n'avais pas été là, il aurait jeté un rapide coup d'œil sous notre propre table.

— Dites-moi, vieux frère, commença Gatsby en se penchant vers moi. J'ai bien peur de vous avoir légèrement énervé, ce matin, dans la voiture.

Le sourire était de nouveau là, mais cette fois-ci, j'y résistai.

— Je n'aime pas les mystères, répondis-je, et je ne comprends pas pourquoi vous ne me dites pas franchement ce que vous voulez. Pourquoi tout ceci doit-il passer par Miss Baker ?

— Oh, ce n'est rien de fourbe, me rassura-t-il. Miss Baker est une grande sportive, vous savez, elle ne ferait jamais quoi que ce soit de tendancieux.

Soudain, il regarda sa montre, bondit sur ses pieds et sortit prestement de la salle, me laissant à la table avec M. Wolfshiem.

— Il doit passer un coup de fil, expliqua M. Wolfshiem, le suivant du regard. Un brave homme, n'est-ce pas ? Beau à regarder et un parfait gentleman.

— En effet.

— C'est un homme d'*Ogsford.*

— Oh !

— Il a étudié à l'université d'*Ogsford* en Angleterre. Vous la connaissez ?

— J'en ai entendu parler.

— C'est l'une des universités les plus célèbres au monde.

— Vous connaissez Gatsby depuis longtemps ? demandai-je.

— Depuis de nombreuses années, répondit-il d'un air satisfait. J'ai eu le plaisir de le *rengontrer* juste après la guerre. Mais je savais que j'avais découvert un homme bien éduqué après lui avoir parlé pendant une heure. Je m'étais dit : « Voilà le genre d'homme qu'on aimerait ramener chez soi et présenter à sa mère et à sa sœur. »

Il marqua une pause.

— Je vois que vous admirez mes boutons de manchette.

Il n'en était rien, mais à présent, je les observais donc. Ils étaient faits de pièces d'ivoire étrangement familières.

— Les plus beaux spécimens de molaires humaines, m'informa-t-il.

— Eh bien !

Je les examinai.

— Voici une idée très intéressante.

— N'est-ce pas.

Il retroussa ses manches sous son manteau.

— Oui, Gatsby est très prudent en ce qui concerne les femmes. Il ne ferait jamais ne serait-ce *gue* regarder la femme d'un ami.

Lorsque le sujet de cette confiance instinctive revint à notre table et s'assit, M. Wolfshiem but son café d'un trait avant de se lever.

— J'ai apprécié ce déjeuner, dit-il, et je vais prendre congé de vous, jeunes gens, avant d'abuser de votre hospitalité.

— Rien ne presse, Meyer, l'informa Gatsby sans grand enthousiasme.

M. Wolfshiem leva sa main dans une sorte de bénédiction.

— Vous êtes bien aimable, mais j'appartiens à une autre génération, annonça-t-il solennellement. Restez assis à discuter de vos sports, de vos jeunes demoiselles, de vos…

Il donna un nom imaginaire accompagné d'un autre signe de main.

— En ce qui me concerne, j'ai cinquante ans, et je ne m'imposerai pas à vous plus longtemps.

Lorsqu'il nous serra la main et s'en alla, son nez dramatique tremblait. Je me demandai si j'avais dit quelque chose qui aurait pu l'offenser.

— Il lui arrive parfois d'être extrêmement sentimental, expliqua Gatsby. C'est un de ces jours-là. C'est un sacré personnage à New York – un habitant de Broadway.

— Qu'est-il, d'ailleurs ? Un acteur ?

— Non.

— Un dentiste ?

— Meyer Wolfshiem ? Non, c'est un joueur.

Gatsby hésita, puis ajouta calmement :

— C'est l'homme qui a truqué la Série mondiale, le championnat de baseball, en 1919.

— Qui a truqué la Série mondiale ? répétai-je.

Cette idée me sidéra. Je me rappelais, bien entendu, que la Série mondiale avait été truquée en 1919, mais jusqu'ici, je n'avais vu cela que comme une chose qui était simplement arrivée, la fin d'une chaîne inévitable. Il ne m'était jamais venu à l'esprit qu'un homme avait pu se jouer de la confiance de cinquante millions de gens – avec la détermination d'un cambrioleur faisant sauter un coffre-fort.

— Comment a-t-il fait cela ? demandai-je après un instant.

— Il a simplement vu l'opportunité.

— Pourquoi n'est-il pas en prison ?

— Ils n'arrivent pas à l'attraper, vieux frère. C'est un homme rusé.

J'insistai pour payer l'addition. Lorsque le serveur me rendit ma monnaie, j'aperçus Tom Buchanan à l'autre bout de la salle comble.

— Venez avec moi un instant, dis-je. Je dois aller saluer quelqu'un.

Lorsqu'il nous vit, Tom bondit sur ses pieds et marcha une dizaine de mètres dans notre direction.

— Où étais-tu ? demanda-t-il avec impatience. Daisy est furieuse que tu ne l'aies pas appelée.

— Voici M. Gatsby, M. Buchanan.

Ils échangèrent une brève poignée de main, puis un air de gêne tendu et inhabituel envahit le visage de Gatsby.

— Comment ça va, à part ça ? m'interrogea Tom. Comment ça se fait que tu es venu si loin pour manger ?

— J'ai déjeuné avec M. Gatsby.

Je me tournai vers ce dernier, mais il n'était plus là.

***

Cet après-midi-là, Jordan Baker, assise sur une chaise, le dos bien droit, dans le jardin de thé du Plaza Hotel, me raconta :

Un jour d'octobre de l'année 1917, je déambulais d'un endroit à un autre, à moitié sur les trottoirs et sur les pelouses. Je préférais ces dernières, car je portais des chaussures venant d'Angleterre avec des crampons en caoutchouc sur les semelles qui mordaient le sol mou. Je portais également une nouvelle jupe à motif écossais qui virevoltait légèrement sous le vent, et chaque fois que cela se produisait, les drapeaux rouge, blanc et bleu se tenant devant chaque maison se tendaient avec une grande raideur et faisaient « *tut-tut-tut-tut* » d'un air désapprobateur.

Le drapeau et la pelouse les plus grands appartenaient à la maison de Daisy Fay. Elle n'avait que dix-huit ans, deux de plus que moi, et était de loin la jeune fille la plus populaire de Louisville. Elle s'habillait de blanc, avait un petit roadster immaculé, le téléphone sonnait chez elle toute la journée et de jeunes officiers excités du Camp Taylor demandaient à avoir le privilège de la monopoliser ce soir-là. « Ne serait-ce qu'une heure ! »

Lorsque j'arrivai en face de chez elle ce matin-là, son coupé-cabriolet blanc se trouvait le long du trottoir ; elle était assise à l'intérieur de ce dernier, avec un lieutenant que je n'avais jamais vu auparavant. Ils étaient si captivés l'un par l'autre qu'elle ne remarqua pas ma présente avant que je ne fusse à deux mètres d'eux.

— Bonjour, Jordan, m'appela-t-elle, ce qui me surprit. Viens, s'il te plaît.

Je fus flattée qu'elle veuille me parler, car de toutes les filles plus âgées, c'était elle que j'admirais le plus. Elle me demanda si j'allais à la Croix Rouge pour faire des bandages, ce que je confirmai. « Eh bien, dans ce cas, voudrais-tu leur dire que je ne pourrai pas venir aujourd'hui ? » L'officier regardait Daisy pendant qu'elle parlait, d'une façon que chaque jeune fille espère qu'on la regarde un jour, et cela me parut si romantique que je m'en souviens encore. Il s'appelait Jay Gatsby, et je ne le revis plus pendant plus de quatre ans – même après l'avoir rencontré à Long Island, je n'avais pas conscience qu'il s'agissait du même homme.

C'était en 1917. L'année suivante, j'avais moi-même quelques soupirants, et je commençais à participer à des tournois, donc je ne vis pas Daisy très souvent. Elle sortait avec des gens légèrement plus âgés – quand elle sortait. Des rumeurs circulèrent sur elle, avançant notamment que sa mère l'avait surprise en train de faire son sac une nuit d'hiver pour partir à New York, afin de dire au revoir à un soldat qui était envoyé à l'étranger. On réussit à l'en empêcher, mais elle n'adressa plus la parole à sa famille pendant de nombreuses semaines. Après cela, elle ne s'amusa plus avec des soldats, mais seulement avec quelques jeunes hommes de la ville, myopes ou aux pieds plats, qui ne pouvaient s'engager dans l'armée par aucun moyen.

L'automne suivant, elle fut de nouveau joyeuse, plus que jamais. Elle fit son entrée dans le monde après l'Armistice, puis au mois de février, on supposa qu'elle était fiancée à un homme de la Nouvelle-Orléans. En juin, elle épousa Tom Buchanan de Chicago, avec plus de faste et de somptuosité que Louisville n'en avait jamais vu. Il descendit avec une centaine de personnes en quatre wagons privés et loua un étage entier du Muhlbach Hotel, et la veille du mariage, il offrit à Daisy un collier de perles estimé à 350 000 dollars.

Je fus sa demoiselle d'honneur. Je me rendis dans sa chambre une heure avant le dîner de répétition, et la trouvai allongée sur son lit, aussi belle qu'une soirée de juin dans sa robe fleurie – et ivre morte. Elle tenait une bouteille de Sauternes dans une main et une lettre dans l'autre.

— Félicite-moi, marmonna-t-elle. J'avais jamais bu avant ce soir, mais, oh, que j'aime ça !

— Que se passe-t-il, Daisy ?

Je peux vous dire que j'étais inquiète ; je n'avais jamais vu une fille dans cet état.

— Tiens, chérie.

Elle chercha à tâtons dans une corbeille près d'elle sur le lit et en retira le collier de perles.

— Descends avec ça et donne-le à la personne à qui il appartient, qui qu'ce soit. Dis-leur à tous que Daisy a changé d'*abri*. Dis : « Daisy a changé d'*abri* ! »

Elle se mit à pleurer – et elle pleura, encore et encore. Je me précipitai hors de la chambre et trouvai la domestique de sa mère ; nous fermâmes la porte à clef et lui fîmes prendre un bain froid. Elle ne lâchait pas la lettre. Elle la prit avec elle dans la baignoire et la serra pour en faire une boule toute mouillée ; elle me laissa la poser sur le porte-savon uniquement lorsqu'elle vit que la note s'éparpillait comme de la neige.

Mais elle ne dit pas un mot de plus. Nous lui donnâmes un peu d'ammoniaque, placèrent de la glace sur son front et la glissâmes de nouveau dans sa robe ; une demi-heure plus tard, lorsque nous sortîmes de la chambre, le collier de perles ornait son cou et l'incident était terminé. Le lendemain, à dix-sept heures, elle épousa Tom Buchanan sans la moindre hésitation, puis ils partirent en voyage de noces dans les mers du Sud pendant trois mois.

Je les revis à Santa Barbara à leur retour, et je pensais n'avoir jamais vu une fille aussi folle de son mari. S'il quittait la pièce ne serait-ce qu'une minute, elle regardait tout autour d'elle, mal à l'aise, disait : « Où est parti Tom ? », puis arborait l'expression la plus préoccupée qui fût jusqu'à ce qu'elle le vît franchir la porte. Elle avait pour habitude de s'asseoir sur le sable, la tête de Tom posée sur ses genoux, caressant les yeux de son mari avec ses doigts et le regardant avec une mystérieuse délectation. C'était touchant de les voir ensemble – cela vous faisait rire d'une voix étouffée, d'une façon fascinante. Cela se passa au mois d'août. Une semaine après que j'avais quitté Santa Barbara, un soir, Tom entra en collision avec un chariot sur la route de Ventura et déchira une roue avant de sa voiture. La fille qui l'accompagnait parut également dans les journaux, car elle avait le bras cassé – c'était l'une des femmes de chambre du Santa Barbara Hotel.

Au mois d'avril suivant, Daisy donna naissance à sa petite fille, puis ils partirent vivre en France pendant un an. Je les revis au cours du printemps à Cannes, puis plus tard à Deauville ; ensuite, ils revinrent s'installer à Chicago. Daisy y était appréciée, comme vous le savez. Ils fréquentèrent de sacrés fêtards, tous étant jeunes, riches et surexcités, mais elle en sortit avec une réputation totalement parfaite. Peut-être parce qu'elle ne boit pas d'alcool. C'est un avantage considérable de ne pas boire d'alcool au milieu de personnes qui en consomment sans modération. On peut tenir sa langue et, de plus, on peut céder à n'importe quel petit écart de conduite lorsque tout le monde est trop aveugle pour le voir ou s'en soucier. Peut-être Daisy ne s'était-elle jamais vraiment souciée d'un amant – et pourtant, il y avait quelque chose dans sa voix…

Donc, il y a environ six semaines, elle entendit le nom « Gatsby » pour la première fois depuis des années. Ce fut lorsque je vous demandai – vous rappelez-vous ? – si vous connaissiez Gatsby, à West Egg. Après être reparti chez vous, elle est entrée dans ma chambre, m'a réveillée et m'a demandé : « Quel Gatsby ? » Et lorsque je le lui ai décrit – j'étais à moitié endormie – elle a dit d'une voix des plus étranges que ce devait être l'homme qu'elle avait connu. Ce n'est qu'à ce moment-là que j'ai fait le lien entre ce Gatsby et l'officier dans sa voiture blanche.

***

Lorsque Jordan Baker eut terminé de me raconter tout cela, nous avions quitté le Plaza depuis une demi-heure et roulions à bord d'une calèche à Central Park. Le soleil s'était tapi derrière les hauts appartements des stars de cinéma dans le West Fifties, et les voix claires des enfants, déjà regroupés comme des grillons sur l'herbe, s'élevèrent dans le crépuscule étouffant :

« *Je suis le cheikh d'Arabie.*
Ton amour m'appartient à l'infini.
Ce soir, quand tu dormiras,
Dans ta tente ma personne s'introduira… »

— C'était une étrange coïncidence, dis-je.

— Mais ce n'en était pas une.

— Que voulez-vous dire ?

— Gatsby a acheté cette maison pour que Daisy ne se trouve pas plus loin que de l'autre côté de la baie.

Il ne cherchait donc pas uniquement les étoiles, ce soir de juin. Il devint vivant à mes yeux, soudainement délivré du ventre de cette splendeur sans but.

— Il aimerait savoir, poursuivit Jordan, si tu inviteras Daisy chez toi un après-midi, et si tu le laisserais venir aussi.

La modestie de cette demande me secoua. Il avait attendu cinq ans et acheté un manoir où il distribuait la lumière des étoiles à de simples papillons de nuit, juste pour qu'il pût « passer » dans le jardin d'un étranger un certain après-midi.

— Devais-je connaître tous ces détails avant qu'il puisse me demander une si petite chose ?

— Il a peur, il a attendu si longtemps. Il pense que tu pourrais être offensé. Tu vois, il est robuste, sous ses apparences.

Quelque chose me titillait.

— Pourquoi ne t'a-t-il pas demandé d'arranger une rencontre ?

— Il veut qu'elle voie sa maison, expliqua-t-elle. Et la tienne est juste à côté.

— Oh !

— Je pense qu'il s'attendait plus ou moins à la voir un jour errer dans une de ses soirées, continua Jordan, mais elle n'est jamais venue. Puis il a commencé à demander nonchalamment à des gens s'ils la connaissaient, et j'ai été la première qu'il a trouvée. C'est ce soir-là qu'il m'a fait quérir lors du bal, et tu aurais dû entendre de quelle manière élaborée il avait pensé tout cela. Bien sûr, j'ai immédiatement proposé un déjeuner à New York – et j'ai cru qu'il était devenu fou : « Je ne veux rien faire de travers ! » répétait-il. « Je veux la voir à côté de chez moi. » Lorsque je lui ai dit que tu étais un ami de Tom, il a commencé à abandonner l'idée. Il ne sait pas grand-chose de Tom, il avait seulement lu, a-t-il dit, un journal de Chicago pendant des années pour espérer apercevoir le nom de Daisy.

Il faisait nuit à présent, et lorsque nous descendîmes sous un petit pont, je plaçai mon bras autour de l'épaule dorée de Jordan avant de la tirer vers moi et de l'inviter à dîner. Soudain, je ne pensais plus à Daisy ni à Gatsby, mais à cette personne pure, difficile, limitée, qui donnait dans le scepticisme universel, et qui se fondit avec une élégance désinvolte dans le cercle que formait mon bras. Une phrase commença à résonner dans mes oreilles, avec une sorte d'enthousiasme grisant : « Il n'y a que les poursuivis et les poursuiveurs, les affairés et les fatigués. »

— Et Daisy mérite d'avoir quelque chose dans sa vie, me murmura Jordan.

— Veut-elle voir Gatsby ?

— Elle ne doit rien savoir. Gatsby ne veut pas qu'elle sache. Tu es seulement supposé inviter Daisy à prendre le thé.

Nous passâmes une barrière d'arbres sombres, puis la façade de la 59e rue, un bloc d'une délicate lumière pâle, se téléporta dans le parc. Contrairement à Gatsby et à

Tom Buchanan, je n'avais aucune fille dont le visage désincarné flottait le long des corniches obscures ou sur les panneaux publicitaires aveuglants ; donc je rapprochai celle qui se tenait à côté de moi, resserrant mes bras autour d'elle. Sa bouche blême et méprisante afficha un sourire, donc je la tirai encore plus près – de mon visage, cette fois.

V

Lorsque je rentrai à West Egg ce soir-là, pendant un instant, j'eus peur que ma maison fût en feu. Il était deux heures du matin et le coin entier de la péninsule était flamboyant de lumière, ce qui semblait irréaliste sur le massif et projetait des rayons fins et allongés sur les fils électriques au bord de la route. En tournant à un angle, je vis qu'il s'agissait de la maison de Gatsby, brillant de mille feux.

Je pensai d'abord qu'il s'agissait d'une autre fête, une débâcle surexcitée qui s'était transformée en partie de cache-cache ou un autre jeu de dissimulation, la totalité de la maison étant ouverte aux participants. Mais il n'y avait aucun bruit. Seulement le vent dans les arbres, qui faisait bouger les fils, éteignait et rallumait les lumières sans cesse, comme si la maison adressait un clin d'œil à l'obscurité. Alors que mon taxi s'éloignait en vrombissant, je vis Gatsby traverser sa pelouse pour se diriger vers moi.

— Votre maison ressemble à l'Exposition internationale, lançai-je.

— Vraiment ?

Il tourna son regard vers cette dernière, d'un air absent.

— Je suis allé jeter un œil dans quelques chambres. Allons à Coney Island, vieux frère. Prenons ma voiture.

— Il est trop tard.

— Très bien, dans ce cas, nous pourrions piquer une tête dans la piscine ? Je n'en ai pas profité de tout l'été.

— Je dois aller me coucher.

— Je comprends.

Il attendit, m'observant avec un empressement qu'il tentait de réprimer.

— J'ai parlé à Miss Baker, dis-je après quelques instants. Je vais appeler Daisy demain et l'inviter à venir prendre le thé.

— Oh, très bien, répondit-il avec négligence. Je ne veux pas vous causer de souci.

— Quel jour vous conviendrait ?

— Quel jour *vous* conviendrait ? me corrigea-t-il rapidement. Je ne veux pas vous causer de souci, vous savez.

— Que diriez-vous d'après-demain ?

Il réfléchit un moment. Puis il reprit, avec réticence :

— Je veux que la pelouse soit tondue.

Nous regardâmes tous deux cette dernière – il y avait une ligne brute entre la fin de mon herbe irrégulière et le début de la sienne, plus sombre, bien entretenue. Je supposai qu'il parlait de ma pelouse.

— Encore une petite chose, dit-il timidement, avant d'hésiter.

— Préfèreriez-vous repousser de quelques jours ? demandai-je.

— Oh, ce n'est pas cela. Du moins…

Il bafouilla de nombreux débuts de phrase :

— Eh bien, je pensais… enfin, dites-moi, vieux frère, vous ne gagnez pas beaucoup d'argent, n'est-ce pas ?

— Pas vraiment, non.

Cela parut le rassurer ; il poursuivit avec plus d'assurance :

— C'est bien ce que je pensais, sauf votre respect… Eh bien, je gère un petit commerce à côté, une sorte d'activité secondaire, vous voyez. Et je pensais que si vous ne gagniez pas beaucoup d'argent… Vous vendez des actions, n'est-ce pas, vieux frère ?

— J'essaie.

— Eh bien, ce travail pourrait vous intéresser. Cela ne vous prendra que bien peu de votre temps et vous pourriez engranger une jolie somme. Il s'agit de quelque chose d'assez confidentiel.

Je me rends compte à présent que dans d'autres circonstances, cette conversation aurait pu être l'une des crises de ma vie. Mais étant donné que l'offre était évidemment faite pour me rendre mon service, sans chercher à le cacher, je n'avais d'autre choix que de l'interrompre.

— J'ai un travail fou, répondis-je. Votre proposition me touche, mais je ne peux accepter davantage de travail.

— Vous n'auriez aucunement affaire à Wolfshiem.

Évidemment, il pensait que je reculais devant la « relation professionnelle » mentionnée durant le déjeuner, mais je lui assurai qu'il se trompait. Il attendit quelques instants de plus, espérant que j'entamasse une conversation, mais j'étais trop absorbé pour être réactif, donc il rentra chez lui, à contrecœur.

La soirée m'avait rendu heureux et étourdi ; je pense être tombé dans un profond sommeil lorsque je passai ma porte d'entrée. J'ignore donc si Gatsby se rendit ou non à Coney Island, ou pendant combien d'heures encore il « jeta un œil dans quelques chambres » alors que sa maison flamboyait de toutes parts. J'appelai Daisy de mon bureau le lendemain matin et l'invitai à venir prendre le thé.

— N'amène pas Tom, l'avertis-je.

— Comment ?

— N'amène pas Tom.

— Qui est « Tom » ? demanda-t-elle d'un air innocent.

Le jour convenu, il pleuvait à verse. À onze heures, un homme vêtu d'un imperméable et traînant une tondeuse à gazon frappa à ma porte et dit que M. Gatsby l'envoyait pour tondre ma pelouse. Cela me rappela que j'avais oublié de dire à ma Finlandaise de revenir, donc je me rendis à

West Egg Village pour aller la chercher dans les allées chaulées, ainsi que pour acheter quelques tasses, des citrons et des fleurs.

Ces dernières n'étaient pas nécessaires, car à quatorze heures, de nombreuses plantes arrivèrent de chez Gatsby, avec d'innombrables récipients pour les contenir. Une heure plus tard, la porte d'entrée s'ouvrit avec nervosité, puis Gatsby se dépêcha d'entrer ; il était vêtu d'un costume blanc en flanelle, d'une chemise argentée et d'une cravate dorée. Il était pâle, et sous ses yeux s'affichaient les sombres signes d'une insomnie.

— Tout est en ordre ? demanda-t-il sans attendre.

— L'herbe est belle, si c'est ce dont vous parlez.

— Quelle herbe ? s'enquit-il d'un air ahuri. Oh, l'herbe du jardin.

Il la regarda par la fenêtre, mais, à en juger par l'expression de son visage, je ne crois pas qu'il vît quoi que ce fût.

— Elle est très bien, remarqua-t-il vaguement. Un des journaux avance que la pluie devrait s'arrêter vers seize heures. *The Journal*, il me semble. Avez-vous tout ce dont vous avez besoin en matière de… de thé ?

Je l'emmenai dans le garde-manger, où il jeta un regard légèrement réprobateur à la Finlandaise. Nous examinâmes ensemble les douze gâteaux au citron achetés à l'épicerie fine.

— Cela fera-t-il l'affaire ? demandai-je.

— Bien sûr, bien sûr ! Ils sont très bien !

Puis il ajouta sans conviction :

— … vieux frère.

À environ quinze heures trente, la pluie se calma et se transforma en une bruine humide, dans laquelle de petites gouttes occasionnelles nageaient comme de la rosée.

Gatsby lisait un exemplaire de l'*Economics* de Clay, les yeux dans le vague, sursautait aux pas de la Finlandaise qui faisaient trembler le sol de la cuisine, et regardait de temps en temps à travers les fenêtres troubles, comme si une série d'évènements invisibles mais alarmants se déroulaient à l'extérieur. Il finit par se lever et m'informa, d'une voix mal assurée, qu'il rentrait chez lui.

— Pourquoi donc ?

— Personne ne viendra prendre le thé. Il est trop tard !

Il consulta sa montre, comme si son temps était urgemment requis ailleurs.

— Je ne peux pas attendre toute la journée.

— Ne soyez pas idiot ; il n'est que seize heures moins deux.

Il s'assit tristement, comme si je l'avais poussé sur sa chaise, et l'on entendit au même moment le bruit d'un moteur qui tournait dans mon allée. Nous bondîmes tous deux sur nos pieds, puis, moi-même légèrement bouleversé, je sortis dans le jardin.

Sous les lilas nus qui gouttaient, une grosse voiture décapotable avançait sur le chemin. Elle s'arrêta. Le visage de Daisy, incliné de côté sous un tricorne couleur lavande, me regarda avec un sourire éclatant de joie.

— C'est donc vraiment là que tu vis, mon cher ?

L'ondulation grisante de sa voix apportait un extraordinaire tonique au milieu de la pluie. Je dus en suivre le son pendant un instant, montant et descendant, avec mes seules oreilles, avant que quelques mots ne sortissent de ma bouche. Une mèche de cheveux humide tombait sur sa joue, comme un trait de peinture bleue, et sa main étincelait de gouttes luisantes lorsque je la pris pour l'aider à descendre de voiture.

— Es-tu amoureux de moi ? me chuchota-t-elle à l'oreille. Et si ce n'est pas le cas, pourquoi devais-je venir seule ?

— Ça, c'est le secret de *Castle Rackrent*[1]. Dis à ton chauffeur de s'en aller pour une heure.

— Revenez dans une heure, Ferdie.

Puis elle me murmura d'un ton sérieux :

— Il s'appelle Ferdie.

— L'essence affecte-t-elle son nez ?

— Je ne crois pas, répondit-elle innocemment. Pourquoi ?

Nous entrâmes dans la maison. À ma grande surprise, le salon était désert.

— Eh bien, voilà qui est étrange ! m'exclamai-je.

— Quoi donc ?

Elle tourna la tête en entendant quelqu'un frapper à la porte avec légèreté et dignité. Je m'y rendis et l'ouvris. Gatsby, pâle comme la mort, ses mains plongées comme des poids morts dans les poches de sa veste, se tenait les pieds dans une flaque, me regardant d'un air tragique, droit dans les yeux.

Gardant ses mains dans ses poches, il me dépassa pour se rendre dans le couloir, tourna brusquement comme s'il s'était trouvé sur un fil, puis disparut dans le salon. Cette scène n'avait rien d'amusant. Sentant que mon propre cœur cognait fort dans ma poitrine, je refermai la porte contre la pluie qui recommençait à tomber abondamment.

Durant trente secondes, il n'y eut aucun bruit. Puis, dans le salon, j'entendis une sorte de murmure étouffé et le fragment d'un rire, suivis par la voix de Daisy, sur un ton qui sonnait clairement faux :

— Je suis certainement infiniment heureuse de vous revoir.

Une pause ; qui dura horriblement. Je n'avais rien à faire dans le couloir, donc j'entrai dans la pièce.

---

[1] Roman de Maria Edgeworth, publié en 1800.

Gatsby, ses mains toujours fourrées dans ses poches, était appuyé contre le manteau de cheminée, donnant l'air totalement faux qu'il était parfaitement à l'aise, voire qu'il s'ennuyait. Sa tête était inclinée en arrière, afin de reposer sur le cadran d'une horloge de cheminée hors service ; et dans cette position, ses yeux bouleversés observaient Daisy en contrebas, cette dernière étant assise, effrayée mais élégante, au bord d'une chaise raide.

— Nous nous sommes déjà rencontrés, marmonna Gatsby.

Il jeta un rapide coup d'œil vers moi, puis ses lèvres se détachèrent afin d'essayer de rire, entreprise qui se révéla infructueuse. Par chance, l'horloge choisit ce moment pour se pencher dangereusement sous la pression de sa tête ; il se tourna, l'attrapa avec des doigts tremblants, puis la remit en place. Ensuite, il s'assit, le corps rigide, un coude sur l'accoudoir du canapé, son menton dans sa main.

— Désolé pour l'horloge, dit-il.

Mon propre visage affichait désormais une brûlure au second degré. J'étais incapable de trouver une seule platitude parmi les centaines qui tournaient dans ma tête.

— Elle est vieille, leur assurai-je sottement.

Je pense que nous croyions tous à cet instant qu'elle s'était brisée en mille morceaux sur le sol.

— Nous ne nous étions pas vus depuis des années, enchaîna Daisy, sa voix aussi détachée que possible.

— Cinq ans en novembre prochain.

L'automatisme de la réponse émise par Gatsby nous replongea dans le silence au moins une minute de plus. Je les fis tous deux se lever, leur proposant, pris de désespoir, de m'aider à faire le thé dans la cuisine, lorsque la démoniaque Finlandaise l'apporta sur un plateau.

Parmi la confusion bienvenue des tasses et des gâteaux, certaines convenances physiques s'instaurèrent.

Gatsby se plaça dans l'ombre et, lorsque Daisy et moi parlions, il nous regardait à tour de rôle avec des yeux tendus et malheureux. Cependant, étant donné que le calme n'était pas une fin en soi, je trouvai une excuse à la première occasion et me levai.

— Où allez-vous ? demanda Gatsby, immédiatement en alerte.

— Je reviens.

— Je dois vous parler de quelque chose avant que vous ne partiez.

Il me suivit avec entrain dans la cuisine, ferma la porte et murmura d'un ton triste :

— Oh, mon Dieu !

— Qu'y a-t-il ?

— C'est une terrible erreur, répondit-il en secouant la tête de droite à gauche. Une terrible, terrible erreur.

— Vous êtes gêné, voilà tout.

Et, par chance, j'ajoutai :

— Daisy l'est également.

— Vraiment ? s'exclama-t-il d'un air incrédule.

— Tout autant que vous.

— Ne parlez pas si fort.

— Vous vous comportez comme un gamin, m'impatientai-je. Et en plus de cela, vous êtes impoli. Daisy est assise toute seule dans le salon.

Il leva une main pour que je me tusse, me regarda avec des yeux remplis d'un reproche impossible à oublier, puis, ouvrant la porte avec précaution, repartit dans l'autre pièce.

Je sortis par-derrière – comme Gatsby l'avait fait en parcourant nerveusement la maison une demi-heure plus tôt – et courus me réfugier sous un immense arbre noueux et sombre, dont la masse de feuilles constituait un tissu abritant de la pluie. Il pleuvait de nouveau à verse, et ma pelouse irrégulière, bien tondue par le jardinier de Gatsby, regorgeait de petites flaques boueuses et de marécages préhistoriques. Sous cet arbre, je ne voyais rien d'autre que l'énorme maison de Gatsby, donc je la regardai fixement, comme Kant devant son clocher, pendant une demi-heure. Un brasseur l'avait construite au début de la mode des « styles d'époque », dix ans plus tôt ; on racontait qu'il avait accepté de payer cinq ans de taxes à tous les cottages environnants si les propriétaires acceptaient d'arborer des toits de chaume. Peut-être leur refus lui avait-il retiré toute envie d'établir une dynastie, ce qui était alors son plan – il plongea dans un déclin immédiat. Ses enfants vendirent sa maison alors que la couronne mortuaire était encore accrochée à la porte. Les Américains, pourtant prêts à être des servants, voire avides de l'être, se sont toujours refusés à être des paysans.

Après une demi-heure, le soleil se remit à briller et la voiture de l'épicier tourna dans l'allée de Gatsby, apportant les matières premières nécessaires au dîner préparé par ses domestiques – je n'eus aucun doute qu'il n'en avalerait pas même une cuillère. Une femme de chambre commença à ouvrir les fenêtres à l'étage de sa maison, apparut furtivement à chacune d'elles, puis, penchée depuis la grande baie centrale, elle cracha dans le jardin d'un air méditatif. Il était temps que je rentrasse. Lorsque la pluie tombait, on aurait dit qu'il s'agissait des murmures de leurs voix, montant et s'amplifiant encore plus de temps à autre, avec des élans d'émotion. Mais dans ce nouveau silence, je sentis que ce dernier était également tombé à l'intérieur de la maison.

Je rentrai – après avoir fait autant de bruit que possible dans la cuisine, me retenant même de pousser la cuisinière – mais je ne crois pas qu'ils eussent entendu quoi que ce fût. Ils étaient assis aux deux extrémités du canapé, se regardant avec attention, comme si une question venait d'être posée, ou était restée en suspens, et chaque vestige de gêne avait disparu. Le visage de Daisy était couvert de larmes, et lorsque je pénétrai dans la pièce, elle bondit sur ses pieds et entreprit de les essuyer avec un mouchoir en se regardant dans un miroir. Mais un changement déconcertant s'était produit chez Gatsby. Il rayonnait, littéralement ; sans un mot ni un geste d'allégresse, un nouveau bien-être émanait de lui et envahissait le petit salon.

— Oh, bonjour, vieux frère, dit-il comme s'il ne m'avait pas vu depuis des années.

Je crus un instant qu'il allait me serrer la main.

— La pluie a cessé.

— Vraiment ?

Lorsqu'il comprit à quoi je faisais référence, insinuant qu'il y avait des scintillements rayonnants dans la pièce, il sourit comme un présentateur météo, comme un extatique client de la lumière qui revient, et répéta la nouvelle à Daisy.

— Que dites-vous de cela ? Il ne pleut plus.

— J'en suis heureuse, Jay.

Sa gorge, pleine de beauté douloureuse, endeuillée, n'émettait que sa joie inattendue.

— Je veux vous inviter chez moi, Daisy et vous, dit-il. J'aimerais lui faire visiter les lieux.

— Êtes-vous certain de vouloir que je vienne ?

— Absolument, vieux frère.

Daisy monta à l'étage pour se nettoyer le visage – je pensai trop tard, avec humiliation, à la qualité de mes serviettes – alors que Gatsby et moi attendions sur la pelouse.

— Ma maison est belle, n'est-ce pas ? s'enquit-il. Voyez comme la devanture reçoit la lumière.

J'exprimai mon accord en reconnaissant qu'elle était splendide.

— Tout à fait.

Ses yeux se tournèrent vers sa bâtisse, se posèrent sur chaque porte voûtée et chaque tour carrée.

— Il ne m'a fallu que trois ans pour gagner l'argent nécessaire pour l'acheter.

— Je croyais que vous aviez hérité votre fortune.

— C'est le cas, vieux frère, répondit-il machinalement. Mais j'en ai perdu la majorité dans la grande crise – celle de la guerre.

Je pense qu'il n'avait pas vraiment conscience de ce qu'il disait, car lorsque je lui demandai quelle était son activité, il répondit : « C'est mon affaire », avant de se rendre compte que ce n'était pas une réponse convenable.

— Oh, j'ai fait bien des choses, se corrigea-t-il. J'ai été dans l'industrie pharmaceutique, puis pétrolière. Mais ce n'est plus le cas, à présent.

Il me regarda avec plus d'attention.

— Voulez-vous dire que vous avez réfléchi à ma proposition de l'autre soir ?

Avant que je ne puisse répondre, Daisy sortit de chez moi ; deux rangées de boutons en cuivre sur sa robe étincelaient à la lumière du soleil.

— *Cette maison-là* ? hurla-t-elle en pointant du doigt la demeure de Gatsby.

— L'aimez-vous ?

— Je l'adore, mais je ne comprends pas que vous viviez ici tout seul.

— Je veille à ce qu'elle soit toujours remplie de personnes intéressantes, nuit et jour. Des gens qui font des choses intéressantes. Des gens célèbres.

Au lieu d'emprunter le raccourci le long du Sound, nous descendîmes la route et entrâmes par le grand portail. Émettant des murmures enchanteurs, Daisy admira tel ou tel aspect de la silhouette féodale sur fond de ciel, les jardins, le parfum pétillant des jonquilles, l'odeur écumeuse des aubépines et des fleurs de prunier, et la senteur or pâle des renouées orientales. Il était étrange d'atteindre les marches en marbre et de ne voir aucun froissement de robes éclatantes entrer et sortir de la maison, et de n'entendre aucun autre son que les chants des oiseaux perchés dans les arbres.

Et à l'intérieur, alors que nous flânions en parcourant des salles de musique de style Marie-Antoinette et des pièces de restauration, j'avais l'impression que des invités se cachaient derrière chaque canapé et sous chaque table, ayant reçu l'ordre de ne faire absolument aucun bruit jusqu'à ce que nous fûmes passés. Lorsque Gatsby ferma la porte de la « Bibliothèque universitaire de Merton », j'aurais juré avoir entendu l'homme aux yeux de hibou émettre un rire spectral.

Nous montâmes à l'étage et visitâmes des chambres d'époque, drapées de soie rose et lavande et de fleurs fraîches aux couleurs vives, des boudoirs et des salles de billard, des salles de bains avec des baignoires encastrées – puis nous fîmes intrusion dans une chambre où un homme ébouriffé vêtu d'un pyjama s'adonnait à des exercices hépatiques au sol. Il s'agissait de M. Klipspringer, le « pensionnaire ». Je l'avais vu déambuler sur la plage, ce matin-là, l'air affamé. Nous atteignîmes enfin les quartiers de Gatsby, abritant une chambre, une salle de bains, ainsi qu'un bureau de style Adam, où nous nous assîmes pour boire un verre de chartreuse qu'il avait sortie d'un placard fixé au mur.

Il n'avait pas quitté Daisy des yeux un seul instant, et je pense qu'il réévaluait tout ce qui se trouvait dans sa maison selon l'effet produit dans les yeux bien-aimés de la jeune femme. Parfois, il balayait également ses biens du regard, d'un air hébété, comme si en présence de Daisy, réelle et stupéfiante, plus rien n'existait vraiment. Une fois, il manqua de tomber dans les escaliers.

Sa chambre était la plus simple de toutes – mis à part la commode, qui était garnie d'un nécessaire de toilette en or pur et dépoli. Daisy saisit la brosse avec délectation et lissa ses cheveux ; sur ce, Gatsby s'assit, cacha ses yeux de la lumière avec sa main, puis commença à rire.

— Voilà qui est drôle, vieux frère, dit-il, hilare. Je ne peux… Quand j'essaie de…

Il était visiblement passé par deux états, et entrait dans un troisième. Après sa gêne et sa joie déraisonnée, il était à présent submergé d'émerveillement devant la présence de la jeune femme. Cela faisait si longtemps que cette idée l'obsédait, il en avait rêvé sans cesse, avait attendu les dents serrées, si l'on peut dire, avec une intensité inimaginable. À présent, le rêve devenu réalité, il avait cessé de fonctionner, comme une horloge dont le mécanisme serait cassé.

Se reprenant rapidement, il ouvrit à notre attention deux énormes meubles de rangement vernis qui contenaient ses nombreux costumes, robes de chambre, cravates, ainsi que ses chemises empilées comme des briques, chaque tas en contenant douze.

— Un homme en Angleterre m'achète des vêtements. Il me fait parvenir une sélection d'articles au début de chaque saison, au printemps et en automne.

Il sortit une pile de chemises et commença à les jeter, une par une, devant nous : pur lin, soie épaisse, fine flanelle, elles se dépliaient en tombant et couvraient la table pour former un désordre arc-en-ciel. Alors que nous les admirions, il en apporta d'autres et la pile riche et soyeuse monta encore plus haut : des chemises à rayures, à cols ronds, à motifs écossais, couleur corail, vert pomme, lavande, orange clair, avec des monogrammes en bleu indien. Soudain, avec un bruit tendu, Daisy plongea sa tête dans les chemises et commença à pleurer comme une madeleine.

— Qu'elles sont belles, ces chemises, sanglota-t-elle, sa voix étouffée par les tissus épais. Cela me rend triste, parce que je n'avais jamais vu d'aussi… d'aussi belles chemises auparavant.

***

Après la maison, nous devions aller visiter le domaine, la piscine, l'hydravion et les fleurs estivales, mais derrière la fenêtre de Gatsby, la pluie revint, donc nous restâmes tous debout, en rang, observant la surface ondulée du Sound.

— S'il n'y avait pas de brume, nous pourrions voir votre maison de l'autre côté de la baie, remarqua Gatsby. Une lumière verte est allumée toute la nuit au bout de votre quai.

Daisy enroula brusquement son bras autour du sien, mais il semblait absorbé par ce qu'il venait de dire. Peut-être lui apparaissait-il que l'importance colossale de cette lumière avait à présent disparu pour toujours. Comparé à la grande distance qui l'avait séparé de Daisy, cette lueur semblait très proche de lui, presque assez pour qu'il puisse la toucher. Elle semblait aussi près qu'une étoile l'est de la lune. À présent, c'était de nouveau une lumière verte sur un quai. Son compte d'objets enchantés avait perdu une unité.

Je commençai à déambuler dans la pièce, examinant de nombreux objets indéfinis dans la semi-obscurité. Une grande photographie d'un homme âgé, vêtu d'un costume de yachting, attira mon attention. Elle était accrochée au mur, au-dessus du bureau.

— Qui est-ce ?

— Lui ? C'est M. Dan Cody, vieux frère.

Ce nom me parut vaguement familier.

— Il est mort, aujourd'hui. C'était mon meilleur ami, il y a des années de cela.

On apercevait également une petite photographie de Gatsby, également vêtu d'un costume de yachting, sur le secrétaire – la tête de Gatsby penchée en arrière, d'un air de défi – visiblement prise lorsqu'il avait environ dix-huit ans.

— Je l'adore ! s'exclama Daisy. La banane ! Vous ne m'aviez jamais dit que vous vous coiffiez avec une banane… ni que vous aviez un yacht.

— Regardez, enchaîna rapidement Gatsby. Un tas de coupures de presse… sur vous.

Ils les examinèrent en restant côte à côte. J'allais demander à voir les rubis lorsque le téléphone sonna ; Gatsby saisit le combiné.

— Oui… Eh bien, je ne peux pas parler maintenant… Je ne peux pas parler, vieux frère… J'ai dit une *petite* ville… Il doit savoir ce que c'est, une petite ville… Bon, il ne nous sert à rien si Détroit est l'idée qu'il se fait d'une petite ville…

Il raccrocha.

— Venez, *vite* ! hurla Daisy devant la fenêtre.

La pluie tombait toujours, mais l'obscurité était partie à l'ouest, laissant place à un tourbillon rose et doré de nuages mousseux au-dessus de la mer.

— Regardez cela, murmura-t-elle.

Puis, après un moment, elle reprit :

— J'aimerais avoir ne serait-ce qu'un seul de ces nuages roses, vous mettre dedans et vous pousser dans l'espace.

J'essayai de m'éclipser, mais aucun d'eux ne voulut l'entendre ; peut-être que ma présence les faisait se sentir seuls d'une manière qui leur convenait mieux.

— Je sais ce que nous allons faire, déclara Gatsby. Nous allons demander à Klipspringer de jouer du piano.

Il sortit de la pièce en appelant : « Ewing ! », puis revint quelques minutes plus tard, accompagné d'un jeune homme à la mine gênée et légèrement fatiguée, portant des lunettes à écailles et arborant de fins cheveux blonds. Il portait désormais une tenue décente : un « chandail de sport », à col ouvert, des baskets et un pantalon en toile d'une couleur nébuleuse.

— Avons-nous interrompu vos exercices ? s'enquit poliment Daisy.

— Je dormais, cria M. Klipspringer, dans un élan d'embarras. Ou plutôt, je dormais *jusqu'à maintenant.* Puis je me suis levé…

— Klipspringer joue du piano, informa Gatsby en le coupant. N'est-ce pas, Ewing, vieux frère ?

— Je ne joue pas très bien. Je ne… joue pas du tout, à vrai dire. Cela fait bien longtemps que je ne pratiq…

— Nous irons au rez-de-chaussée, l'interrompit Gatsby.

Il poussa un interrupteur. Les fenêtres grises disparurent alors que la maison brillait de mille feux.

Dans la salle de musique, Gatsby mit en marche une seule lampe à côté du piano. Il alluma la cigarette de Daisy à l'aide d'une allumette tremblante, puis s'assit à côté d'elle sur un canapé de l'autre côté de la pièce, où il n'y avait aucune lumière à part ce que le sol scintillant renvoyait du couloir.

Lorsque Klipspringer eut joué *The Love Nest*, il se retourna sur le banc et chercha Gatsby dans l'obscurité, l'air triste.

— Vous voyez, je manque de pratique. Je vous avais dit que je ne pouvais pas jouer. Je manque de pratiq…

— Ne parlez pas tant, vieux frère, lui ordonna Gatsby. Jouez !

« *In the morning,*
In the evening,
Ain't we got fun[2]*…* »

Dehors, le vent soufflait fort et l'on entendait le faible grondement d'un orage le long du Sound. Toutes les lumières étaient à présent allumées à West Egg ; les trains électriques, transportant des passagers, rentraient de New York sous la pluie. C'était l'heure d'un changement humain profond, et une forme d'excitation se propageait dans l'air.

« *One thing's sure and nothing's surer*
The rich get richer and the poor get… children.
In the meantime,
In between time[3]*…* »

Lorsque je vins lui dire au revoir, je vis que l'expression de confusion était réapparue sur le visage de Gatsby, comme si un léger doute l'avait assailli concernant son bonheur présent. Presque cinq ans ! Il dut y avoir des moments, même cet après-midi-là, où Daisy ne s'était pas montrée à la hauteur de ses rêves – non pas par sa faute, mais à cause de la vitalité colossale de l'idée que se faisait Gatsby. Cela l'avait dépassée ; cela avait tout dépassé. Il s'était jeté dans cette histoire avec une passion créative, en y consacrant tout son temps, la décorant de chaque plume éclatante qui atterrissait sur son chemin. Aucune quantité de feu ou de fraîcheur ne peut rivaliser avec ce qu'un homme peut cacher dans son cœur spectral.

Alors que je l'observais, il se ressaisit un peu, manifestement. Sa main attrapa celle de Daisy, et lorsqu'elle murmura quelque chose à son oreille, il se tourna vers

---

[2] Le matin/Le soir/On s'amuse bien…

[3] Une chose est sûre et rien ne l'est plus qu'elle/Les riches s'enrichissent et les pauvres ont… des enfants./En attendant/Entre-temps…

elle, saisi d'un flot d'émotions. Je pense que cette voix l'ensorcelait, avec sa chaleur fluctuante et fébrile, car aucun rêve ne pouvait trop l'idéaliser – cette voix était un chant immortel.

Ils m'avaient oublié, mais Daisy jeta un regard vers moi et m'adressa un signe de la main ; Gatsby ne me connaissait plus du tout à cet instant. Je les regardai une fois de plus, ce qu'ils firent à leur tour, de loin, possédés par une vie intense. Je sortis ensuite de la pièce et descendis les marches en marbre sous la pluie, les laissant là, ensemble.

VI

À cette époque, un jeune journaliste ambitieux new-yorkais se présenta un matin à la porte de Gatsby et lui demanda s'il avait quelque chose à dire.

— À propos de quoi ? demanda-t-il poliment.

— Eh bien – n'importe quelle déclaration que vous pourriez faire.

Il apparut, après cinq minutes de confusion, que l'homme avait entendu le nom de Gatsby à son bureau, lié à quelque chose, soit qu'il ne voulait pas révéler, soit qu'il ne comprenait pas totalement. C'était son jour de repos et, par une louable initiative, il s'était précipité « pour voir ».

Sa présence était due au hasard, et pourtant, l'instinct du journaliste était juste. La notoriété de Gatsby, répandue par les centaines de personnes qui avaient profité de son hospitalité et faisant donc à présent autorité sur son passé, avait grossi durant tout l'été, jusqu'à ce qu'il fût à deux doigts de faire la une des journaux. Des légendes contemporaines s'attachèrent à sa personne, comme la « canalisation souterraine menant au Canada », et une histoire particulièrement relayée avançant qu'il ne vivait pas dans une maison mais dans un bateau qui y ressemblait, et qui remontait et descendait secrètement le long du rivage de Long Island. Pourquoi ces inventions constituaient une source de satisfaction pour James Gatz, originaire du Dakota du Nord – voilà une question à laquelle il n'est pas simple de répondre.

James Gatz – c'était son vrai nom, en tout cas juridiquement. Il l'avait fait changer à l'âge de dix-sept ans, au moment exact où débuta sa carrière – lorsqu'il vit le yacht de Dan Cody jeter l'ancre sur le bas-fond le plus traître du Lac supérieur. C'était James Gatz qui traînait sur la plage cet après-midi-là, vêtu d'un pull vert déchiré et d'un pantalon en toile ; mais c'était déjà Jay Gatsby qui avait emprunté une barque, s'était dirigé vers le *Tuolomee* et avait informé Cody qu'un vent violent allait l'atteindre et le briser une demi-heure plus tard.

Je suppose qu'il tenait déjà son nom tout prêt. Ses parents étaient des fermiers apathiques qui n'avaient pas réussi – son imagination ne les avait jamais acceptés comme étant ses parents. À vrai dire, Jay Gatsy de West Egg, Long Island, jaillit de sa conception platonicienne de sa propre personne. Il était fils de Dieu – expression qui ne veut rien dire d'autre, si tant est qu'elle veuille dire quoi que ce soit – et il lui incombait de gérer les affaires de son Père, au service d'une vaste beauté, commune et clinquante. Donc il inventa le genre de Jay Gatsby qu'un garçon de dix-sept ans serait capable d'imaginer, et il resta fidèle à cette conception jusqu'au bout.

Pendant plus d'un an, il avait cheminé le long du rivage sud du Lac supérieur en tant que pêcheur de palourdes et de saumon, ou toute autre activité lui apportant le toit et le couvert. Son corps bronzé et endurci accomplissait naturellement le travail mi-acharné, mi-fainéant de ces journées salutaires. Il entama tôt les relations avec les femmes, et puisqu'elles le gâtaient, il devint méprisant à leur égard – les jeunes vierges car elles étaient ignorantes, et les autres car elles étaient hystériques à propos de choses que, dans son accablant égocentrisme, il prenait pour acquises.

Mais son cœur se rebellait sans cesse, avec violence. Les concepts les plus grotesques et fantastiques le hantaient la nuit, dans son lit. Un univers d'une ineffable ostentation envahissait son esprit alors que l'horloge émettait son tic-tac sur le lavabo et que la lune trempait ses vêtements en désordre sur le sol d'une lumière humide. Chaque nuit, il perfectionnait le tracé de ses fantaisies jusqu'à ce que la somnolence ne le tire de quelque scène fertile par une étreinte inconsciente. Durant un temps, ces rêveries firent office d'exutoire à son imagination ; elles représentaient une allusion satisfaisante à l'irréalité de la réalité, une promesse que le rocher du monde reposait fermement sur l'aile d'une fée.

Un instant concernant sa gloire future l'avait guidé, quelques mois plus tôt, vers la petite université luthérienne de St Olaf, dans le sud du Minnesota. Il y resta deux semaines, consterné par sa féroce indifférence aux tambours de sa destinée, à la destinée elle-même, et méprisant le travail de concierge qu'il devait assumer pour financer ses études. Puis il se laissa de nouveau porter vers le Lac supérieur, et il cherchait encore quelque chose à faire le jour où le yacht de Dan Cody avait jeté l'ancre dans les bas-fonds le long de la côte.

Cody avait alors cinquante ans, produit des champs d'argent du Nevada, du Yukon, de chaque ruée vers le métal depuis 1875. Les affaires dans le cuivre du Montana, qui l'avaient rendu de nombreuses fois millionnaire, l'avaient trouvé physiquement robuste, mais à la limite de la faiblesse d'esprit. Soupçonnant cela, un nombre infini de femmes essayèrent de lui soutirer tout son argent. Les pratiques peu ragoutantes par lesquelles Ella Kaye, la fameuse journaliste, joua les Madame de Maintenon, profitant de sa faiblesse et l'envoyant en mer à bord d'un yacht, était un bien commun du journalisme pompeux en 1902. Il avait accosté le long de tous les rivages bien trop accueillants depuis cinq ans lorsqu'il s'était révélé être la destinée de James Gatz à Little Girl Bay.

Pour le jeune Gatz, se reposant sur ses rames, le regard levé vers le pont, ce yacht représentait toute la beauté et le glamour du monde. Je présume qu'il sourit à Cody – il avait sans doute découvert que les gens l'appréciaient lorsqu'il souriait. En tout cas, Cody lui posa quelques questions (l'une d'elles provoqua le tout nouveau nom du garçon), et constata que ce dernier était vif et extrêmement ambitieux. Quelques jours plus tard, il l'emmena à Duluth et lui acheta un manteau bleu, six pantalons en toile blancs, ainsi qu'une casquette de yachtman. Et lorsque le *Tuolomee* partit pour les Caraïbes et la côte des Barbaresques, Gatsby fit partie du voyage.

Il fut plus ou moins employé sur le yacht : lorsqu'il restait avec Cody, il était tour à tour steward, second, capitaine, secrétaire, et même gardien, car le Dan Cody sobre savait quelles choses extravagantes le Dan Cody ivre allait bientôt accomplir, donc il anticipait de tels aléas en offrant à Gatsby une confiance de plus en plus importante. Cet arrangement dura cinq ans, durant lesquels le bateau fit trois fois le tour du continent. L'aventure aurait pu se poursuivre indéfiniment, mais un soir, à Boston, Ella Kaye monta à bord, et une semaine plus tard, Dan Cody mourut, ce qui mit fin à son hospitalité.

Je me rappelle son portrait accroché dans la chambre de Gatsby : un homme gris, rougeaud, avec un visage dur et vide – le pionnier débauché qui, durant une phase de la vie américaine, avait amené sur les côtes de l'Est la violence sauvage des bordels et des saloons de la Frontière. C'était indirectement à cause de Cody que Gatsby buvait si peu d'alcool. Parfois, lors de soirées enjouées, des femmes avaient pour habitude de mouiller ses cheveux avec du champagne ; quant à lui, il avait acquis l'habitude de ne pas toucher à la liqueur.

C'était de Cody qu'il avait hérité de l'argent – un héritage de 25 000 dollars. Il ne le toucha jamais. Il ne comprit jamais le dispositif juridique qui fut utilisé contre lui, mais ce qu'il restait des millions du vieil homme revint en totalité à Ella Kaye. Il ne lui resta que son éducation remarquablement appropriée ; les vagues contours de Jay Gatsby s'étaient complétés pour former un homme important.

***

Il ne me raconta tout ceci que bien plus tard, mais j'ai inséré son récit ici même afin de détruire toutes les premières rumeurs les plus folles sur son passé, qui ne contenaient pas même une once de vérité. De plus, il me confia tout cela à une période de confusion, lorsque j'en étais arrivé à croire tout et n'importe quoi à son sujet. Donc je profite de cette courte pause, pendant que Gatsby, pour ainsi dire, reprenait son souffle, pour invalider toutes ces idées fausses.

Il s'agissait également d'une pause concernant mon implication dans ses affaires. Je ne le vis plus ni n'entendis sa voix au téléphone pendant de nombreuses semaines – je me trouvais majoritairement à New York, trottinant aux côtés de Jordan et essayant de me faire bien voir de sa tante sénile – mais je finis par lui rendre visite chez lui, un dimanche après-midi. Cela ne faisait pas deux minutes que j'étais arrivé lorsque quelqu'un se présenta avec Tom Buchanan pour boire un verre. J'en fus étonné, naturellement, mais la vraie surprise était que ce ne fût encore jamais arrivé.

Trois personnes étaient là, à cheval : Tom, un homme nommé Sloane, ainsi qu'une belle femme vêtue d'une tenue d'équitation marron, que j'avais déjà vue ici.

— Je suis ravi de vous voir, lança Gatsby, debout sur son porche. Je me réjouis que vous soyez passés.

Comme s'ils en avaient quelque chose à faire !

— Asseyez-vous. Prenez une cigarette ou un cigare.

Il fit rapidement le tour de la pièce, faisant tinter des clochettes.

— Je vous amène quelque chose à boire dans une seconde.

Il était profondément affecté par la présence de Tom ici. Mais il serait mal à l'aise dans tous les cas, jusqu'à ce qu'il leur eût donné quelque chose, se rendant vaguement compte que c'était ce pour quoi ils étaient venus. M. Sloane ne voulait rien. Une citronnade ? Non, merci. Une petite coupe de champagne ? Rien du tout, merci... Je regrette...

— Avez-vous fait une belle promenade ?

— Il y a de très bonnes routes par ici.

— Je présume que les voitures...

— Ouais.

Emporté par un élan irrésistible, Gatsby se tourna vers Tom, qui avait accepté qu'on le présente comme un étranger.

— Je crois que nous nous sommes déjà rencontrés, M. Buchanan.

— Oh, oui, répondit Tom, d'une voix grave et polie, alors qu'il était évident qu'il n'en avait aucun souvenir. Bien sûr. Je m'en souviens très bien.

— Il y a environ deux semaines.

— C'est exact. Vous étiez avec Nick.

— Je connais votre femme, poursuivit Gatsby d'un ton presque agressif.

— Vraiment ?

Tom se tourna vers moi.

— Tu habites par ici, Nick ?

— Juste à côté.

— Vraiment ?

M. Sloane ne se mêla pas à la conversation, et s'enfonça avec dédain dans son fauteuil ; la femme resta également muette – jusqu'à ce qu'après deux highballs, contre toute attente, elle devînt cordiale.

— Nous viendrons tous à votre prochaine soirée, M. Gatsby, proposa-t-elle. Cela vous convient-il ?

— Certainement ; je serais ravi de vous y voir.

— Ce s'rait super, répondit M. Sloane sans aucune reconnaissance. Bon... J'pense qu'il faudrait rentrer.

— Ne soyez pas si hâtifs, leur ordonna Gatsby.

À présent, il s'était ressaisi et souhaitait en savoir un peu plus sur Tom.

— Pourquoi... Pourquoi ne resteriez-vous pas dîner ? Je ne serais pas surpris de voir débarquer d'autres personnes en provenance de New York.

— Vous venez dîner avec *moi*, lança la dame avec enthousiasme. Tous les deux.

J'étais inclus dans son calcul. M. Sloane se leva.

— Venez, dit-il, mais cela ne s'adressait qu'à elle.

— Je suis sérieuse, insista-t-elle. Je serais ravie de vous recevoir. Il y a assez de place.

Gatsby me regarda d'un air interrogateur. Il voulait y aller et ne voyait pas que M. Sloane avait décidé que ce ne serait pas le cas.

— J'ai bien peur de ne pas pouvoir venir, dis-je.

— Dans ce cas, vous venez, ordonna-t-elle en se concentrant sur Gatsby.

M. Sloane murmura quelque chose à son oreille.

— Nous ne serons pas en retard si nous partons maintenant, insista-t-elle à haute voix.

— Je n'ai pas de cheval, informa Gatsby. J'en ai monté quand j'étais dans l'armée, mais je n'en ai jamais acheté un. Je devrai vous suivre avec ma voiture. Je reviens tout de suite.

Nous autres sortîmes pour atteindre le porche, où Sloane et la dame entamèrent une conversation animée en aparté.

— Mon Dieu, je crois bien que cet homme vient, remarqua Tom. Ignore-t-il qu'elle ne veut pas de lui ?

— Elle dit le contraire.

— Elle organise un grand dîner et il n'y connaîtra personne.

Il fronça les sourcils.

— Je me demande où il a bien pu rencontrer Daisy. Bon sang, je suis peut-être un peu vieux jeu, mais ces jours-ci, les femmes courent un peu trop partout à mon goût. Elles rencontrent toutes sortes de drôles d'oiseaux.

Soudain, M. Sloane et la dame descendirent les marches et montèrent sur leurs chevaux.

— Allons-y, ordonna M. Sloane à Tom. Nous sommes en retard. Il faut partir.

Puis il s'adressa à moi :

— Dites-lui que nous ne pouvions pas l'attendre, voulez-vous ?

Je serrai la main à Tom, échangeai un léger signe de tête avec les deux autres, puis ils trottèrent rapidement le long du chemin, disparaissant sous le feuillage d'août lorsque Gatsby, chapeau et manteau léger sous le bras, franchit la porte d'entrée.

Tom était visiblement perturbé par le fait que Daisy sortît seule, car le samedi soir suivant, il l'accompagna à la fête de Gatsby. Peut-être que la présence de Tom donnait à cette soirée cette étrange qualité étouffante – dans mes souvenirs, elle se détache clairement de toutes les autres réceptions données par Gatsby cet été-là. Il y avait les mêmes personnes, ou en tout cas le même genre, la même profusion de champagne, le même vacarme multicolore et polyphonique, mais je sentais un désagrément dans l'air, un harnais omniprésent qui n'était pas là auparavant. Ou peut-être avais-je fini par m'y habituer, par accepter de considérer West Egg comme étant un monde à part entière, avec ses propres standards et ses propres grandes figures, inférieur à nul autre car il n'avait pas conscience de l'être – à présent, je le regardais de nouveau, à travers les yeux de Daisy. Cela rend toujours triste de regarder à travers de nouveaux yeux des choses sur lesquelles vous avez exercé vos propres pouvoirs d'adaptation.

Ils arrivèrent à la tombée de la nuit, puis, alors que nous nous baladions parmi les centaines de convives étincelants, la voix de Daisy lui jouait des tours dans sa gorge, ne laissant s'échapper que des murmures.

— Ce genre de choses m'excite *tellement*, chuchota-t-elle. Nick, si tu veux m'embrasser ce soir, à n'importe quel moment, tu n'auras qu'à me le faire savoir et je serai ravie de te donner un baiser. Il te suffira de dire mon nom. Ou de sortir une carte verte. Je distribue des cartes ver…

— Regardez autour de vous, proposa Gatsby.

— C'est ce que je fais. Je passe un merveilleux…

— Vous devez reconnaître les visages de nombre de personnes dont vous avez entendu parler.

Les yeux arrogants de Tom balayèrent la foule.

— Nous ne sortons pas beaucoup, dit-il. En fait, je me faisais justement la réflexion que je ne connais personne ici.

— Peut-être connaissez-vous cette dame.

Gatsby indiqua une superbe femme, une orchidée à peine humaine, assise comme une reine sous un prunier aux fleurs blanches. Tom et Daisy la fixèrent du regard, avec cette sensation étrangement irréelle que l'on ressent en reconnaissant une star de cinéma, simple fantôme jusqu'à cet instant.

— Elle est magnifique, souffla Daisy.

— L'homme penché au-dessus d'elle est son réalisateur.

Il les fit passer de groupe en groupe avec cérémonie.

— Mme Buchanan… et M. Buchanan…

Après une seconde d'hésitation, il ajouta :

— Le joueur de polo.

— Oh non, objecta rapidement Tom. Pas moi.

Mais apparemment, cela plaisait à Gatsby, car Tom resta « le joueur de polo » tout le reste de la soirée.

— Je n'avais jamais rencontré autant de célébrités, s'exclama Daisy. J'ai bien aimé cet homme – comment s'appelait-il ? – avec son nez bleu, dirons-nous.

Gatsby identifia de qui il s'agissait, ajoutant que c'était un petit producteur.

— Eh bien, quoi qu'il en soit, je l'ai bien aimé.

— J'aurais apprécié de ne pas être le joueur de polo, dit aimablement Tom. J'aurais préféré regarder toutes ces personnes célèbres… incognito.

Daisy et Gatsby dansèrent ensemble. Je me rappelle avoir été surpris par son foxtrot conventionnel et gracieux – je ne l'avais jamais vu danser auparavant. Puis ils se dirigèrent paresseusement vers ma maison et s'assirent sur les marches pendant une demi-heure, alors que je restai vigilant dans le jardin, à la demande de Daisy.

— Au cas où il y aurait un incendie ou une inondation – ou n'importe quelle intervention divine, expliqua-t-elle.

Tom sortit de son inconscience alors que nous étions assis ensemble pour le dîner.

— Cela vous dérange-t-il que j'aille manger avec d'autres gens par là-bas ? demanda-t-il. Il y en a un qui raconte des histoires drôles.

— Vas-y, répondit cordialement Daisy, et si tu veux prendre quelques adresses, voilà mon petit stylo doré.

…

Elle regarda autour d'elle après un instant, puis elle me dit que la fille était « ordinaire mais jolie », et je sus qu'à part pendant la demi-heure qu'elle avait passée seule avec Gatsby, elle ne s'amusait pas du tout.

Nous nous trouvions à une table particulièrement éméchée. C'était ma faute – Gatsby avait été demandé au téléphone, et j'avais apprécié la compagnie de ces mêmes personnes pas plus tard que deux semaines auparavant. Mais ce qui m'avait alors amusé se putréfiait à présent dans l'air.

— Comment vous sentez-vous, Miss Baedeker ?

La femme à qui l'on s'adressait essayait, sans succès, de s'avachir sur mon épaule. En entendant la question, elle se redressa et ouvrit les yeux.

— Quoi ?

Une dame massive et léthargique, qui avait supplié Daisy d'aller jouer au golf avec elle au club local le lendemain, répondit à la place de Miss Baedeker :

— Oh, elle va bien, à présent. Quand elle avale cinq ou six cocktails, elle se met toujours à crier comme ça. Je lui répète qu'elle devrait arrêter l'alcool.

— C'est ce que je fais, affirma l'accusée sans conviction.

— Nous t'avons entendu hurler, donc j'ai dit au Doc Civet ici présent : « Quelqu'un a besoin de votre aide, Doc. »

— Je ne doute pas qu'elle vous en soit très reconnaissante, dit un autre ami sans gratitude. Mais vous avez trempé sa robe lorsque vous avez plongé sa tête dans la piscine.

— Il n'est rien que je déteste plus que d'avoir la tête bloquée dans une piscine, marmonna Miss Baedeker. Une fois, dans le New Jersey, ils ont failli me noyer.

— Alors il faut arrêter l'alcool, contra le docteur Civet.

— Parlez pour vous ! hurla violemment Miss Baedeker. Votre main tremble. Je ne vous laisserais jamais m'opérer !

C'était comme cela. L'une des dernières choses dont je me souviens est de me tenir debout avec Daisy et de regarder le réalisateur de films et sa star. Ils se trouvaient encore sous le prunier aux fleurs blanches et leurs visages se touchaient presque, seulement séparés par un fin rayon pale de clair de lune. Je me rendis compte qu'il s'était penché vers elle très lentement pendant toute la soirée afin d'atteindre cette proximité, et même lorsque je le regardai, je le vis se baisser d'un ultime cran et l'embrasser sur la joue.

— Je l'aime bien, dit Daisy. Je la trouve charmante.

Mais le reste la dérangeait – et indiscutablement, car ce n'était pas un geste, mais une émotion. Elle était consternée par West Egg, cet « endroit » sans précédent que Broadway avait engendré sur un village de pêcheurs de Long Island – consternée par sa vigueur brute qui grattait sous les vieux euphémismes et par le destin trop envahissant qui rassemblait ses habitants comme des moutons le long d'un raccourci allant d'un rien à un autre. Elle voyait quelque chose d'horrible dans cette simplicité même qu'elle ne parvenait pas à comprendre.

Je m'assis avec eux sur les marches alors qu'ils attendaient leur voiture. Ici, devant la maison, il faisait sombre ; seule la porte éclatante projetait un mètre carré de lumière qui volait dans le doux matin noir. Parfois, une ombre bougeait contre le store d'un vestiaire à l'étage du dessus, laissait la place à une autre, un défilé infini d'ombres qui se fardaient et se repoudraient devant un miroir invisible.

— Bon, qui est ce Gatsby ? demanda soudain Tom. Un gros bootlegger ?

— Où as-tu entendu ça ? m'enquis-je.

— Je n'ai rien entendu. Je l'ai imaginé. Nombre de ces nouveaux riches sont juste de gros bootleggers, tu sais.

— Pas Gatsby, répondis-je sèchement.

Il resta silencieux un moment. Les cailloux de l'allée craquaient sous ses pieds.

— Eh bien, il a certainement dû faire bien des efforts pour rassembler toute cette ménagerie.

Une brise fit bouger la brume grise du col en fourrure de Daisy.

— Au moins, ils sont plus intéressants que les gens qu'on connaît, lança-t-elle dans un effort.

— Tu n'avais pas l'air de beaucoup t'y intéresser.

— Eh bien si, c'était le cas.

Tom émit un rire et se tourna vers moi.

— As-tu remarqué la tête de Daisy lorsque cette fille lui a demandé de lui faire prendre une douche froide ?

Daisy commença à chanter sur la musique dans un murmure d'une voix rauque et rythmée, faisant ressortir le sens de chaque mot, un sens qu'ils n'avaient jamais eu et n'auraient jamais plus. Lorsque la mélodie montait, sa voix se brisait avec douceur, en la suivant, comme le font celles des contraltos, et chaque variation déversait dans l'air un peu de sa chaleureuse magie humaine.

— De nombreuses personnes viennent sans avoir été invitées, dit-elle soudain. Cette fille n'avait pas été invitée. Ils forcent simplement leur entrée et il est trop poli pour s'y opposer.

— J'aimerais bien savoir qui il est et ce qu'il fait, insista Tom. Et je pense que je m'efforcerai à le découvrir.

— Je peux te le dire sans attendre, répondit-elle. Il possédait des pharmacies, un grand nombre. Il les a montées lui-même.

La limousine retardataire s'approcha en roulant sur le chemin.

— Bonne nuit, Nick, dit Daisy.

Son regard me quitta pour rechercher le haut des marches éclairées ; *Three O'Clock in the Morning*, une belle petite valse mélancolique de cette année-là, se glissait par la porte ouverte. Finalement, dans l'extrême désinvolture de la fête de Gatsby, se trouvaient des possibilités romantiques totalement absentes du monde de Daisy. Qu'y avait-il dans cette musique qui paraissait la rappeler à l'intérieur ? Que se passerait-il à cet instant, durant ces heures si tardives et si sombres ? Peut-être qu'un invité inattendu arriverait, une personne dont les apparitions sont extrêmement rares et qui susciterait l'émerveillement, une jeune femme réellement radieuse jetant un doux regard à Gatsby, un instant de rencontre magique, qui occulterait ces cinq années de dévotion inébranlable.

Je restai tard, ce soir-là. Gatsby m'avait prié d'attendre qu'il fût disponible, donc je traînai dans le jardin jusqu'à ce que les participants à l'inévitable bain de minuit fussent revenus en courant de la plage noire, rafraîchis et exaltés, jusqu'à ce que les lumières fussent éteintes dans les chambres d'amis à l'étage. Lorsque Gatsby descendit enfin les marches, la peau bronzée de son visage était inhabituellement tendue, et ses yeux étaient éclatants mais fatigués.

— Elle n'a pas aimé, dit-il sans attendre.

— Bien sûr que si.

— Elle n'a pas aimé, insista-t-il. Elle ne s'est pas amusée.

Il se fit silencieux, et je devinai son indicible abattement.

— Je me sens si loin d'elle, confia-t-il. C'est difficile de lui faire comprendre…

— Vous parlez de la soirée ?

— La soirée ?

Il rejeta toutes les fêtes qu'il avait données d'un claquement de doigts.

— Vieux frère, la soirée n'a aucune importance.

Il ne demandait qu'une seule chose à Daisy : d'aller voir Tom et de lui dire : « Je ne t'ai jamais aimé. » Après avoir ruiné quatre ans de vie commune avec cette simple phrase, ils pourraient décider des meilleures mesures à prendre. L'une d'elles était, après que Daisy aurait retrouvé sa liberté, qu'ils retournent à Louisville, qu'ils s'y marient et qu'ils vivent dans la maison de Daisy – comme ils l'auraient fait cinq ans plus tôt.

— Et elle ne comprend pas, poursuivit-il. Avant, elle était capable de comprendre. Nous restions assis pendant des heures…

Il s'interrompit et commença à faire les cent pas sur le chemin désolé parsemé de pelures de fruits, de faveurs rejetées et de fleurs piétinées.

— À votre place, je ne lui en demanderais pas trop, me risquai-je. Vous ne pouvez pas reproduire le passé.

— Comment ? s'écria-t-il, incrédule. Bien sûr qu'on le peut !

Il regarda frénétiquement autour de lui, comme si le passé se tapissait là, dans l'ombre de sa maison, hors de sa portée.

— Je vais tout arranger pour que les choses redeviennent comme avant, dit-il avec un hochement de tête déterminé. Elle verra.

Il parla beaucoup du passé, et je compris qu'il souhaitait retrouver quelque chose, peut-être une idée qu'il s'était faite de lui-même, qu'il avait perdue en aimant Daisy. Sa vie avait été confuse et désordonnée depuis, mais s'il pouvait un jour revenir à un point de départ et suivre lentement le même chemin une seconde fois, il pourrait trouver ce dont il s'agissait…

… Un soir d'automne, cinq ans plus tôt, ils descendaient la rue lorsque les feuilles tombaient, puis ils étaient arrivés à un endroit où il n'y avait pas d'arbres ; le trottoir était blanchi par le clair de lune. Ils s'arrêtèrent là et se tournèrent l'un vers l'autre. C'était une nuit fraîche abritant cette mystérieuse excitation qui apparaît lors des deux changements de l'année. Les lumières silencieuses à l'intérieur des maisons bourdonnaient dans l'obscurité extérieure ; il y avait un frémissement, une agitation parmi les étoiles. Du coin de l'œil, Gatsby vit que les dalles des trottoirs formaient en réalité une échelle qui menait à un lieu secret au-dessus des arbres – il pourrait l'emprunter, s'il y montait seul, et une fois là-haut, il pourrait suçoter tous les plaisirs de la vie, avaler d'un trait le lait sans égal de l'émerveillement.

Son cœur battit plus vite lorsque le visage blanc de Daisy se leva vers le sien. Il savait que lorsqu'il aurait embrassé cette fille, et marié pour toujours ses visions indicibles à son souffle périssable, son esprit ne folâtrerait plus jamais, comme celui de Dieu. Donc il attendit, écoutant un instant de plus le diapason qui avait atteint une étoile. Puis il l'embrassa. Au contact de ses lèvres, elle s'ouvrit à lui comme une fleur, puis l'incarnation fut achevée.

Par tout ce qu'il dit, même par son affligeante sensiblerie, je me rappelai quelque chose – un rythme insaisissable, un fragment de mots perdus, que j'avais entendus quelque part, il y avait bien longtemps. Pendant un instant, une phrase essaya de prendre forme dans ma bouche, et mes lèvres s'ouvrirent comme celles d'un homme muet, comme si elles se débattaient avec bien plus qu'une fine volute d'air saisissant. Mais elles ne produisirent aucun son, et ce dont je m'étais presque souvenu devint à jamais inexprimable.

VII

Ce fut lorsque la curiosité envers Gatsby était à son point culminant que les lumières de sa maison restèrent éteintes un samedi soir – et, aussi obscurément qu'elle avait commencé, sa carrière en tant que Trimalchio était terminée. Je ne m'aperçus que graduellement que les automobiles qui empruntaient son allée avec impatience ne restaient qu'une minute avant de repartir, la mine boudeuse. Me demandant s'il était malade, je frappai à sa porte pour le découvrir – derrière la porte, un majordome que je ne connaissais pas, au visage infâme, plissa les paupières d'un air suspicieux en me voyant.

— M. Gatsby est-il souffrant ?

— Non.

Après une pause, il ajouta un tardif « Monsieur », avec réticence.

— Cela fait quelque temps que je ne l'ai pas vu, et je commençais à m'inquiéter. Dites-lui que M. Carraway est passé.

— Qui ? demanda-t-il brutalement.

— Carraway.

— Carraway. Très bien, je le lui dirai.

Il claqua brusquement la porte.

Ma Finlandaise m'apprit que Gatsby avait renvoyé tous ses domestiques une semaine plus tôt et les avait remplacés par une demi-douzaine d'autres, qui ne se rendaient jamais au village de West Egg pour être soudoyés par les commerçants, mais qui commandaient une quantité raisonnable de provisions par téléphone. Le garçon de l'épicerie avait rapporté que la cuisine ressemblait à une porcherie, et tout le monde au village estimait que ces nouvelles têtes n'étaient pas du tout des domestiques.

Le lendemain, Gatsby m'appela.

— Une sortie ? demandai-je.

— Non, vieux frère.

— J'ai entendu dire que vous avez renvoyé tous vos domestiques.

— Je voulais quelqu'un qui ne jaserait pas. Daisy me rend visite assez souvent – l'après-midi.

Donc la totalité du caravansérail s'était effondrée comme un château de cartes dès que Daisy avait eu un regard désapprobateur.

— Ce sont des personnes pour lesquelles Wolfshiem voulait faire quelque chose. Ils sont tous frères et sœurs. Auparavant, ils tenaient un petit hôtel.

— Je vois.

Il m'appelait à la demande de ma cousine – viendrai-je déjeuner chez elle demain ? Miss Baker serait là. Une demi-heure plus tard, Daisy elle-même me téléphona et sembla soulagée d'apprendre que je viendrais. Quelque chose se tramait. Et pourtant, je ne pouvais croire qu'ils choisiraient cette occasion pour faire une scène – surtout pour celle plutôt pénible dont Gatsby avait exposé les grandes lignes dans le jardin.

Le lendemain, il faisait une chaleur torride ; c'était presque le dernier jour de l'été, certainement le plus chaud. Alors que mon train émergeait du tunnel pour retrouver les rayons du soleil, seuls les sifflements chaleureux de la National Biscuit Company brisa le calme bouillonnant de midi. Les sièges en paille du wagon étaient à deux doigts de la combustion ; la femme assise à côté de moi transpirait délicatement dans son chemisier blanc, puis, alors que son journal s'humidifiait sous ses doigts, elle se laissa désespérément tomber dans la chaleur intense avec un cri affligé. Son sac à main chuta violemment au sol.

— Oh là là ! dit-elle d'une voix haletante.

Je le ramassai en me penchant avec lassitude et le lui tendis, le tenant à bout de bras et par la dernière extrémité des côtés pour indiquer que je n'avais nullement l'intention de le voler – mais tous les passagers autour de moi, dont la propriétaire du sac, m'en soupçonnèrent malgré tout.

— Chaud ! s'exclama le contrôleur à des visages familiers. Parlez d'un temps ! ... Chaud ! ... Chaud ! ... Chaud ! ... C'est assez chaud pour vous ? Il fait chaud ? Il fait... ?

Mon ticket de commutation me revint avec une tache noire provenant de la main du contrôleur. Dire que par une telle chaleur, quelqu'un pouvait s'inquiéter de quelles lèvres rouges il embrassait, de quelle tête humidifiait la poche de son pyjama sur son cœur !

... Dans le couloir de la maison des Buchanan, une faible brise soufflait, transportant la sonnerie du téléphone jusqu'à Gatsby et moi alors que nous attendions devant la porte.

« Le corps de Monsieur ? rugit le majordome dans le combiné. Je suis navré, Madame, mais nous ne pouvons pas le fournir... Il est bien trop chaud pour le toucher ce midi ! »

Voici ce qu'il dit réellement :

— Oui... Oui... Je vais voir.

Il raccrocha le téléphone et vint à notre rencontre, luisant légèrement, pour prendre nos chapeaux de paille tressée.

— Madame vous attend dans le salon ! hurla-t-il, nous indiquant, bien inutilement, la direction à prendre.

Avec cette chaleur, le moindre mouvement superflu était un affront aux réserves communes de la vie.

La pièce, bien ombragée grâce à des auvents, était sombre et fraîche. Daisy et Jordan étaient étendues sur un immense canapé, comme des idoles argentées maintenant en place leurs propres robes blanches virevoltant sous la brise chantante des éventails.

— Nous ne pouvons pas bouger, dirent-elles en chœur.

Les doigts de Jordan, une poudre blanche recouvrant sa peau bronzée, s'attardèrent un instant dans les miens.

— Et M. Thomas Buchanan, l'athlète ? m'enquis-je.

Au même moment, j'entendis sa voix au téléphone, rauque, étouffée, dans le couloir.

Gatsby se positionna au centre du tapis pourpre et regarda autour de lui avec des yeux fascinés. Daisy l'observa et se mit à rire, de ce rire doux et excitant ; une minuscule rafale de poudre émergea de sa poitrine et s'éparpilla dans l'air.

— On raconte que c'est la petite amie de Tom au téléphone, murmura Jordan.

Nous étions silencieux. La voix dans le couloir s'éleva avec agacement :

— Très bien, dans ce cas, je ne te vendrai pas la voiture du tout... Je ne te dois rien du tout... et que tu me déranges avec ça à l'heure du déjeuner, ça, je ne le supporte pas !

— Il va raccrocher, dit cyniquement Daisy.

— Non, lui assurai-je. Il s'agit d'une véritable affaire. Il se trouve que je suis au courant.

Tom ouvrit la porte à la volée, en occupa l'espace un instant avec son corps trapu, puis se précipita dans la pièce.

— M. Gatsby !

Il présenta le large plat de sa main avec une aversion bien dissimulée.

— Je suis heureux de vous voir, Monsieur... Nick...

— Sers-nous à boire, quelque chose de frais, hurla Daisy.

Alors qu'il quittait de nouveau la pièce, elle se leva, se dirigea vers Gatsby et tira son visage vers elle, l'embrassant à pleine bouche.

— Tu sais que je t'aime, murmura-t-elle.

— Vous oubliez qu'une dame est présente, remarqua Jordan.

Daisy regarda autour d'elle avec hésitation.

— Embrasse Nick aussi.

— Quelle petite fille vulgaire ! Quelle bassesse !

— Je m'en fiche ! cria Daisy.

Elle commença à mettre du bois dans la cheminée en briques, puis elle se rappela la chaleur et s'assit d'un air coupable sur le canapé, lorsqu'une nourrice aux vêtements tout juste lavés guidant une petite fille pénétra dans la pièce.

— Pré-cieux tré-sor, fredonna-t-elle, tendant les bras vers elle. Viens voir ta mère qui t'aime.

L'enfant, abandonnée à côté de la nourrice, traversa rapidement la pièce et se terra timidement dans la robe de sa mère.

— Le pré-cieux tré-sor ! Maman a mis de la poudre sur tes vilains cheveux jaunes ? Tiens-toi droite et dis : « Comment-ta-va ».

Gatsby et moi-même nous penchâmes à tour de rôle et prîmes la petite main hésitante. Après cela, il continua à observer l'enfant d'un air abasourdi. Je pense qu'il n'avait encore jamais vraiment cru à son existence jusqu'à cet instant.

— Je me suis habillée avant le déjeuner, dit l'enfant en se tournant vers Daisy avec enthousiasme.

— C'est parce que ta mère voulait te montrer.

Son visage se pencha vers le seul pli du petit cou blanc.

— Tu es un petit rêve, toi. Un vrai petit rêve.

— Oui, admit calmement l'enfant. Tante Jordan a aussi une robe blanche.

— Comment tu trouves les amis de maman ?

Daisy la fit se tourner face à Gatsby.

— Tu les trouves beaux ?

— Où est papa ?

— Elle ne ressemble pas à son père, mais à moi, expliqua Daisy. Elle a mes cheveux et ma forme de visage.

Daisy se rassit sur le canapé. La nourrice avança d'un pas et tendit sa main.

— Viens, Pammy.

— Au revoir, chérie !

Avec un regard en arrière réticent, la petite fille bien disciplinée attrapa la main de sa nourrice et fut tirée hors de la pièce, juste au moment où Tom revint, amenant quatre verres de gin remplis de glaçons qui cliquetaient.

Gatsby saisit sa boisson.

— Ils ont l'air bien frais, dit-il avec une tension palpable.

Nous bûmes à grandes gorgées assoiffées.

— J'ai lu quelque part que le soleil devient plus chaud chaque année, dit aimablement Tom. On dirait que bientôt, la Terre va tomber dans le soleil – ou, attendez… c'est l'inverse : le soleil devient plus froid chaque année. Allons dehors, proposa-t-il à Gatsby. J'aimerais que vous jetiez un œil à notre propriété.

Je sortis sur la véranda avec eux. Sur le Sound vert, stagnant sous la chaleur, une seule petite voile rampait lentement vers la mer plus fraîche. Gatsby la suivit des yeux pendant un instant ; il leva la main et montra du doigt l'autre côté de la baie.

— Je suis juste en face de vous.

— En effet.

Nos regards survolèrent les massifs de roses, la pelouse brûlante et les mauvaises herbes caniculaires qui envahissaient le long de la côte. Doucement, les ailes blanches du bateau se mouvèrent contre la limite bleu clair du ciel. À l'horizon s'étendait l'océan festonné ainsi que la multitude d'îles bénies.

— Voilà un sport pour vous, dit Tom en hochant la tête. J'aimerais bien être là-bas avec lui pendant une heure ou deux.

Nous déjeunâmes dans la salle à manger, assombrie pour lutter contre la chaleur, et bûmes une gaieté nerveuse en savourant la bière froide.

— Qu'allons-nous faire cet après-midi ? s'écria Daisy. Et demain ? Et les trente prochaines années ?

— Ne sois pas morbide, lança Jordan. La vie recommence lorsque ça se rafraîchit à l'automne.

— Mais il fait si chaud, insista Daisy, au bord des larmes, et tout est si confus. Allons tous en ville !

Sa voix luttait dans la chaleur, se battant contre elle, donnant forme à son absurdité.

— J'ai déjà entendu dire qu'on avait transformé une écurie en garage, mais je suis le premier à avoir jamais transformé un garage en écurie, disait Tom à Gatsby.

— Qui veut aller en ville ? insista Daisy.

Les yeux de Gatsby flottèrent vers elle.

— Ah, cria-t-elle. Tu es si beau.

Leurs regards se croisèrent, puis ils se regardèrent dans les yeux, seuls au monde. Dans un effort, elle baissa la tête vers la table.

— Tu es toujours si beau, répéta-t-elle.

Elle lui avait dit qu'elle l'aimait, et Thomas Buchanan l'avait vu. Il fut stupéfait. Sa bouche s'ouvrit légèrement, puis il regarda Gatsby, avant de revenir vers Daisy, comme s'il venait juste de la reconnaître, comme quelqu'un qu'il avait connu il y avait bien longtemps.

— Tu ressembles à la publicité de l'homme, poursuivit-elle, innocemment. Tu sais, la publicité de l'homme…

— Très bien, interrompit rapidement Tom. Je suis tout à fait partant pour aller en ville. Allez – nous y allons tous.

Il se leva, ses yeux ne cessant d'osciller entre Gatsby et sa femme. Personne ne bougea.

— Allez !

Il commençait à perdre son calme.

— Quel est le problème ? Si l'on doit aller en ville, alors c'est parti.

Sa main, tremblant sous l'effort de se contenir, porta à ses lèvres ce qu'il restait de sa bière. La voix de Daisy nous fit nous lever, puis sortir sur le chemin de gravier brûlant.

— Y allons-nous comme cela ? contesta-t-elle. Vraiment ? N'allons-nous pas laisser tout le monde fumer une cigarette avant ?

— Tout le monde a fumé pendant le déjeuner.

— Oh, amusons-nous, le supplia-t-elle. Il fait trop chaud pour faire des histoires.

Il ne répondit rien.

— Fais comme tu veux, conclut-elle. Viens, Jordan.

Elles montèrent à l'étage pour se préparer pendant que nous trois, les hommes, nous tînmes sur le chemin, à remuer des cailloux brûlants avec nos pieds. Une courbe argentée de la lune planait déjà dans le ciel occidental. Gatsby commença à parler, et se ravisa, mais pas avant que Tom ne se retournât et se retrouvât face à lui avec impatience.

— Vos écuries se trouvent-elles ici ? demanda Gatsby dans un effort.

— À environ cinq cents mètres en bas de la route.

— Oh.

Une pause.

— Je ne comprends pas l'idée d'aller en ville, intervint brutalement Tom. Les femmes ont de ces bêtises dans la tête…

— Emportons-nous quelque chose à boire ? appela Daisy par une fenêtre à l'étage.

— Je vais prendre du whisky, répondit Tom avant de regagner l'intérieur.

Gatsby se tourna vers moi, rigide :

— Je ne peux rien dire dans sa maison, vieux frère.

— Elle a une voix peu discrète, remarquai-je. Elle est pleine de…

J'hésitai.

— Sa voix est pleine d'or, dit-il soudain.

C'était cela. Je ne l'avais jamais encore compris. Elle était pleine d'or – c'était le charme inépuisable qui s'élevait et retombait en elle, son tintement, sa musique de cymbales… Trônant dans un palais blanc, la fille du roi, la fille en or…

Tom sortit de la maison en enveloppant une bouteille d'un litre dans une serviette, suivi par Daisy et Jordan qui portaient de petits chapeaux serrés en tissu métallisé et des capes légères sur leur bras.

— Nous pourrions tous y aller avec ma voiture ? proposa Gatsby.

Il toucha le cuir vert brûlant des sièges.

— J'aurais dû la garer à l'ombre.

— A-t-elle une boîte à vitesses manuelle ? demanda Tom.

— En effet.

— Dans ce cas, prenez mon coupé et laissez-moi conduire votre voiture jusqu'en ville.

Cette suggestion ne plaisait pas du tout à Gatsby.

— Je ne crois pas qu'il y ait beaucoup d'essence, contra-t-il.

— Il y en a plein, répliqua énergiquement Tom.

Il regarda la jauge.

— Et si elle vient à en manquer, je pourrai m'arrêter à la pharmacie. On peut y acheter n'importe quoi de nos jours.

Une pause suivit cette remarque visiblement inutile. Daisy regarda Tom en fronçant les sourcils, et une expression indéfinissable, à la fois tout à fait inhabituelle et vaguement reconnaissable, comme si je n'en avais qu'entendu la description par des mots, se dessina sur le visage de Gatsby.

— Viens, Daisy, ordonna Tom en la poussant, le doigt pointé vers la voiture de Gatsby. Je t'emmène dans cette roulotte de cirque.

Il ouvrit la portière, mais elle se dégagea de son bras.

— Emmène Nick et Jordan. Nous te suivrons dans le coupé.

Elle s'approcha de Gatsby, touchant son manteau avec sa main. Jordan, Tom et moi nous installâmes sur la banquette avant de la voiture de Gatsby ; Tom poussa les vitesses inhabituelles avec hésitation, puis nous filâmes dans la chaleur oppressante, les laissant loin derrière, hors de notre vue.

— Vous avez vu ça ? demanda Tom.

— Quoi donc ?

Il me regarda vivement, réalisant que Jordan et moi devions déjà tout savoir depuis le début.

— Vous me trouvez plutôt idiot, n'est-ce pas ? Je le suis peut-être, mais j'ai une sorte… une sorte de double vue, parfois, qui me dit quoi faire. Tu n'y crois peut-être pas, mais la science…

Il s'interrompit. La contingence immédiate le submergea, l'arrachant au bord de l'abysse théorique.

— J'ai mené une petite enquête sur ce gars-là, poursuivit-il. J'aurais creusé encore plus si j'avais su…

— Tu veux dire que tu as été voir un médium ? ironisa Jordan.

— Quoi ?

Désorienté, il nous fixa du regard alors que nous riions.

— Un médium ?

— À propos de Gatsby.

— À propos de Gatsby ! Non, pas du tout. J'ai dit que j'avais enquêté sur son passé.

— Et tu as découvert que c'est un ancien d'Oxford, affirma Jordan avec obligeance.

— Un ancien d'Oxford !

Il était incrédule.

— Tu parles ! Il porte un costume rose.

— Il n'empêche que c'est un ancien d'Oxford.

— Oxford, au Nouveau-Mexique, ou quelque chose comme ça, renâcla Tom avec mépris.

— Écoute, Tom. Si tu es aussi snob, pourquoi tu l'as invité à déjeuner ? s'emporta Jordan.

— C'est Daisy qui l'a invité ; elle l'a connu avant notre mariage – Dieu sait où !

À présent, nous étions tous irritables, les effets de la bière s'estompant ; conscients de notre état, nous roulâmes un moment en silence. Puis, lorsque les yeux effacés du docteur T. J. Eckleburg furent en vue au bout de la route, je me rappelai l'avertissement de Gatsby au sujet de l'essence.

— Nous en avons assez pour aller en ville, affirma Tom.

— Mais il y a un garage juste là, protesta Jordan. Je n'ai aucune envie d'être bloquée dans cette chaleur cuisante.

Tom écrasa le frein avec impatience, puis nous glissâmes dans un arrêt abrupt et poussiéreux sous l'enseigne de Wilson. Au bout d'un moment, le propriétaire émergea de l'intérieur de son garage et contempla la voiture d'un regard vide.

— Il nous faut de l'essence ! hurla brutalement Tom. Pourquoi crois-tu que nous nous sommes arrêtés... Pour admirer la vue ?

— Je suis malade, déclara Wilson sans bouger. Depuis ce matin.

— Qu'est-ce que tu as ?

— Je suis épuisé.

— Bon, je peux me servir moi-même ? demanda Tom. Tu avais l'air d'aller plutôt bien au téléphone.

Avec un effort, Wilson quitta l'ombre et le soutien de la porte et, respirant avec difficulté, dévissa le bouchon du réservoir. Au soleil, son visage était vert.

— Je n'avais pas l'intention d'interrompre ton déjeuner, dit-il. Mais j'ai grandement besoin d'argent, et je me demandais ce que tu allais faire de ton ancienne voiture.

— Tu aimes bien celle-ci ? demanda Tom. Je l'ai achetée la semaine dernière.

— C'est un joli bolide jaune, répondit Wilson alors qu'il appuyait sur la poignée.

— Tu aimerais l'acheter ?

— Y a de grandes chances.

Wilson sourit faiblement.

— Non, reprit-il, mais je pourrais gagner un peu d'argent avec l'autre.

— Pour quoi te faut-il de l'argent, tout à coup ?

— J'ai vécu ici trop longtemps. Je veux m'en aller. Avec ma femme, on veut partir dans l'Ouest.

— Ta femme aussi ? s'exclama Tom, surpris.

— Elle en parle depuis dix ans.

Il se reposa un moment contre la pompe, se couvrant les yeux.

— Et maintenant, elle va partir qu'elle le veuille ou non. Je vais l'emmener loin d'ici.

Le coupé nous dépassa dans une bourrasque de poussière et l'éclair d'un signe de main.

— Combien je te dois ? demanda Tom avec dureté.

— J'me suis rendu compte de quelque chose d'amusant, ces deux derniers jours, remarqua Wilson. C'est pour ça que j'veux m'en aller. Et que j't'ai embêté à propos de la voiture.

— Combien je te dois ?

— Un dollar vingt.

L'implacable chaleur cuisante commençait à m'étourdir et je passai un mauvais moment avant de me rendre compte que ses soupçons ne s'étaient pas encore portés sur Tom. Il avait découvert que Myrtle menait un genre de vie en dehors de lui, dans un autre monde, et le choc de la nouvelle l'avait rendu physiquement malade. Mon regard se posa sur lui, puis sur Tom, qui avait fait une découverte similaire moins d'une heure plus tôt – et je fus frappé par le fait qu'il n'y avait aucune différence entre les hommes, dans l'intelligence ou la race, aussi profonde que celle entre le malade et le bien-portant. Wilson était si mal qu'il avait l'air coupable, inexcusablement coupable – comme s'il avait fait un enfant à une pauvre fille.

— Je te laisserai avoir cette voiture, déclara Tom. Je te l'enverrai demain après-midi.

Cette région était toujours vaguement troublante, même dans la grande lumière aveuglante de l'après-midi, mais à cet instant, je tournai la tête, comme si j'avais été averti qu'il y avait quelque chose derrière moi. Au-dessus des tas de cendres, les yeux géants du docteur T. J. Eckleburg montaient toujours la garde, mais après un moment, je sentis que d'autres yeux nous observaient avec une intensité particulière, à moins de six mètres de nous.

À l'une des fenêtres au-dessus du garage, les rideaux avaient été légèrement ouverts, et Myrtle Wilson regardait la voiture. Elle était si captivée qu'elle n'avait même pas conscience d'être elle-même observée, et une multitude d'émotions apparurent sur son visage, l'une après l'autre, comme des objets sur un négatif qu'on développe lentement. Son expression était étrangement familière – je l'avais souvent vue sur les visages féminins, mais sur le sien, elle semblait inutile et inexplicable, jusqu'à ce que je réalise que ses yeux, habités d'une terreur jalouse, n'étaient pas fixés sur Tom, mais sur Jordan Baker, qu'elle prenait pour sa femme.

***

Il n'est pas de confusion égale à celle d'un esprit simple, et alors que nous nous éloignions à bord de la voiture, Tom ressentait les fouets brûlants de la panique. Sa femme et sa maîtresse, en sûreté et intactes une heure plus tôt, étaient en train d'échapper à son contrôle. Son instinct le fit appuyer sur l'accélérateur, à la fois pour rattraper Daisy et s'éloigner de Wilson ; nous filâmes vers Astoria à 80 km/h, jusqu'à ce que parmi les longues poutres minces du métro aérien, nous vîmes le joli coupé bleu.

— Il fait frais dans ces cinémas de la 50e Avenue, proposa Jordan. J'adore New York les après-midis d'été, quand il n'y a personne. Il y a quelque chose de très sensuel là-dedans – de trop mûr, comme si toutes sortes de fruits étranges allaient tomber dans nos mains.

Le mot « sensuel » troubla un peu plus Tom, mais avant qu'il ne pût inventer une protestation, le coupé s'arrêta, puis Daisy nous fit signe de nous garer à côté d'eux.

— Où allons-nous ? hurla-t-elle.

— Au cinéma ?

— Il fait si chaud, se lamenta-t-elle. Allez-y. Nous allons faire un tour et vous rejoindrons après.

Avec un effort, elle fit preuve d'un faible trait d'esprit.

— On vous retrouvera au coin d'une rue. Je serai l'homme fumant deux cigarettes.

— On ne peut pas en discuter ici, s'énerva Tom alors qu'un camion exprimait son impatience par un sifflement. Suivez-moi jusqu'au sud de Central Park, devant le Plaza.

Il tourna la tête et regarda derrière lui de nombreuses fois, pour garder leur voiture dans son champ de vision, et si le trafic les éloignait de nous, il ralentissait jusqu'à ce qu'ils fussent de nouveau en vue. Je pense qu'il craignait qu'ils foncent dans une petite rue et disparaissent de sa vie pour toujours.

Mais ils n'en firent rien, et nous prîmes la décision difficilement compréhensible de louer le petit salon d'une suite au Plaza Hotel.

Le débat prolongé et tumultueux qui avait résulté en notre attroupement dans cette pièce m'échappe, bien que j'aie un souvenir physique très net que, pendant cette discussion, mes sous-vêtements s'enroulaient continuellement autour de mes jambes comme un serpent poisseux, et d'occasionnelles perles de sueur fraîche couraient le long de mon dos. L'idée était venue par la suggestion de Daisy que nous louions cinq salles de bains pour plonger dans des bains froids, puis elle avait pris une forme plus tangible, celle d'un « endroit où siroter un whisky à la menthe ». Chacun de nous ne cessa de répéter que c'était « une idée folle » – nous parlâmes tous à un réceptionniste dérouté et pensâmes, ou fîmes semblant de penser, que nous étions très drôles…

La pièce était grande et étouffante, et bien qu'il fût déjà seize heures, ouvrir les fenêtres ne laissait entrer qu'une bourrasque de la chaleur végétale du Park. Daisy se plaça devant le miroir, dos à nous, pour arranger ses cheveux.

— C'est une super suite, chuchota respectueusement Jordan, provoquant l'hilarité générale.

— Ouvrez une autre fenêtre, ordonna Daisy sans se retourner.

— Il n'y en a pas d'autres.

— Dans ce cas, nous ferions mieux de faire apporter une hache…

— Ce qu'il faut faire, c'est arrêter de penser à la chaleur, s'impatienta Tom. En t'en plaignant, tu la rends dix fois pire.

Il sortit la bouteille de la serviette et la posa sur la table.

— Pourquoi ne la laisseriez-vous pas tranquille, vieux frère ? remarqua Gatsby. C'est vous qui vouliez venir en ville.

Il y eut un moment de silence. L'annuaire téléphonique glissa de son clou et s'écrasa au sol ; Jordan murmura alors :

— Excusez-moi.

Mais cette fois-ci, personne ne rit.

— Je vais le ramasser, proposai-je.

— Ce n'est pas utile, je l'ai.

Gatsby examina la ficelle rompue, marmonna un « Hum » d'un ton intéressé, puis lança le volume sur une chaise.

— C'est une de vos expressions favorites, n'est-ce pas ? demanda sèchement Tom.

— Quoi donc ?

— « Vieux frère ». Vous avez trouvé ça où ?

— Écoute, Tom, dit Daisy en se détournant du miroir. Si tu as l'intention de faire des commentaires personnels, je ne reste pas là une minute de plus. Prends le téléphone et commande de la glace pour le whisky à la menthe.

Alors que Tom saisissait le combiné, la chaleur comprimée explosa en un bruit, et nous écoutâmes les accords prétentieux de la *Marche Nuptiale* de Mendelssohn, jouée dans la salle de bal un étage plus bas.

— Imaginez vous marier avec cette chaleur ! s'exclama Jordan d'un ton lugubre.

— Eh bien… je me suis mariée à la mi-juin, se souvint Daisy. Louisville en juin ! Quelqu'un s'était évanoui. Qui était-ce, Tom ?

— Biloxi, répondit-il sèchement.

— Un homme du nom de Biloxi. « Box » Biloxi, il fabriquait des boîtes – fait véridique – et venait de Biloxi, dans le Tennessee.

— Ils l'avaient amené chez moi, compléta Jordan, car nous habitions à deux pas de l'église. Il était resté trois semaines dans notre maison, jusqu'à ce que Papa lui dise qu'il devait partir. Le lendemain de son départ, Papa mourut.

Après un moment, elle ajouta :

— Il n'y avait aucun rapport de cause à effet.

— J'ai connu un Bill Biloxi originaire de Memphis, remarquai-je.

— C'était son cousin. À son départ, je connaissais toute l'histoire de sa famille. Il m'avait offert un putter en aluminium dont je me sers encore aujourd'hui.

La musique s'était évanouie car la cérémonie commençait, et à présent, une longue acclamation rentrait par la fenêtre pour flotter dans la pièce, suivie par des cris intermittents de « Yea-ea-ea ! », et finalement d'une explosion de jazz alors que la danse débutait.

— Nous sommes vieux, dit Daisy. Si nous étions jeunes, nous nous lèverions et nous danserions.

— Souviens-toi de Biloxi, l'avertit Jordan. Où l'as-tu rencontré, Tom ?

— Biloxi ?

Il fit un effort pour se concentrer.

— Je ne le connaissais pas. C'était un ami de Daisy.

— C'est faux, nia-t-elle. Je ne l'avais jamais vu auparavant. Il était arrivé par la voiture particulière.

— Eh bien, il avait dit qu'il te connaissait, et qu'il avait grandi à Louisville. Asa Bird l'avait invité à la dernière minute et avait demandé si nous avions une place pour lui.

Jordan sourit.

— Il se faisait probablement payer son voyage de retour au pays. Il m'a dit qu'il était président de votre classe à Yale.

Tom et moi nous regardâmes d'un air ahuri.

— *Biloxi* ?

— Tout d'abord, nous n'avions pas de président…

Le pied de Gatsby battait nerveusement une courte mesure, puis Tom le regarda soudain.

— De fait, M. Gatsby, je crois savoir que vous êtes un ancien d'Oxford.

— Pas tout à fait.

— Oh, exact ; que vous êtes allé à Oxford.

— En effet – j'y suis allé.

Une pause. Puis la voix de Tom s'éleva, incrédule et insultante :

— Vous avez dû y aller à la même période que Biloxi lorsqu'il s'est rendu à New Haven.

Une autre pause. Un serveur toqua à la porte et entra avec de la menthe pilée et de la glace, mais le silence ne fut aucunement brisé par son « merci » ni le bruit de la porte se refermant doucement. Cet énorme détail devait être clarifié une fois pour toutes.

—Je vous ai dit que j'y suis allé, dit Gatsby.

— Je vous ai bien entendu, mais j'aimerais savoir quand.

— En 1919, je n'y suis resté que cinq mois. C'est pour cette raison que je ne me considère pas vraiment comme un ancien d'Oxford.

Tom jeta un coup d'œil autour de lui pour voir si nous partagions son scepticisme. Mais nous regardions tous Gatsby.

— C'était une opportunité qu'ils donnaient à quelques officiers après l'Armistice, poursuivit-il. Nous pouvions aller étudier dans n'importe quelle université d'Angleterre et de France.

J'eus envie de me lever et de le tapoter dans le dos. J'avais un de ces renouvellements de confiance aveugle en lui, que j'avais déjà connu auparavant.

Daisy se leva, affichant un faible sourire, et se dirigea vers la table.

— Ouvre le whisky, Tom, ordonna-t-elle, et je t'en préparerai un à la menthe. Tu n'auras alors plus l'air si stupide… Regarde la menthe !

— Une seconde, aboya Tom. Je veux poser une dernière question à M. Gatsby.

— Allez-y, répondit poliment Gatsby.

— Quel genre de problèmes essayez-vous de causer dans ma maison ?

Ils étaient enfin découverts, et Gatsby en était satisfait.

— Il ne cause pas de problèmes.

Le regard de Daisy passa désespérément de l'un à l'autre.

— C'est toi qui en crées. Fais preuve d'un peu de sang-froid, s'il te plaît.

— Du sang-froid ! répéta Tom d'un ton incrédule. Je présume que la dernière chose à faire est de rester les bras croisés et de laisser M. Personne originaire de Nulle Part faire l'amour à ma femme. Eh bien, si c'est ce que vous pensez, ne comptez pas sur moi… De nos jours, les gens commencent par mépriser la vie de famille et les institutions familiales, et ensuite ils jetteront tout par-dessus bord et célèbreront des mariages entre blancs et noirs.

Le visage rougi par son charabia passionné, il se voyait seul devant les dernières barrières de la civilisation.

— Nous sommes tous blancs, ici, murmura Jordan.

— Je sais que je ne suis pas très populaire. Je n'organise pas de grandes fêtes. Je suppose qu'il faut transformer sa maison en porcherie pour se faire des amis – dans le monde moderne.

Aussi en colère que je l'étais, que nous l'étions tous, j'avais envie de rire chaque fois qu'il ouvrait la bouche. La transition entre le libertin et le modèle de vertu était si réussie.

— J'ai quelque chose à *vous* dire, vieux frère… commença Gatsby.

Mais Daisy devina ses intentions.

— Non, s'il te plaît ! l'interrompit-elle, désespérée. Je vous en prie, rentrons chez nous. Qu'en dites-vous ?

— Voilà une bonne idée.

Je me levai.

— Viens, Tom. Personne n'a envie d'un verre.

— Je veux savoir ce que M. Gatsby a à me dire.

— Votre femme ne vous aime pas, asséna Gatsby. Elle ne vous a jamais aimé. C'est moi qu'elle aime.

— Vous êtes fou ! s'exclama Tom sur-le-champ.

Gatsby bondit sur ses pieds, animé par une vive excitation.

— Elle ne vous a jamais aimé, vous entendez ? hurla-t-il. Elle vous a épousé uniquement parce que j'étais pauvre et qu'elle n'en pouvait plus de m'attendre. C'était une terrible erreur, mais en son cœur, elle n'a jamais aimé que moi !

À cet instant, Jordan et moi tentâmes de partir, mais Tom et Gatsby insistèrent en rivalisant de fermeté pour que nous restions – comme si chacun d'eux n'avait rien à cacher et que ce fût un privilège d'indirectement prendre part à leurs émotions.

— Assieds-toi, Daisy.

La voix de Tom chercha à employer un ton paternaliste, sans succès.

— Qu'est-ce que c'est que cette histoire ? Je veux tout savoir.

— Je vous ai déjà dit ce qu'il se passait, intervint Gatsby. Ce qu'il se passe depuis cinq ans – sans que vous n'en sachiez rien.

Tom se tourna brusquement vers Daisy.

— Tu vois ce type depuis cinq ans ?

— On ne se voyait pas, corrigea Gatsby. Non, il nous était impossible de nous retrouver. Mais nous nous sommes aimés pendant tout ce temps, vieux frère, et vous l'ignoriez. Parfois, je riais…

Mais il n'y avait pas l'ombre d'un rire dans son regard.

— … de penser que vous ignoriez tout.

— Oh… ce n'est que cela.

Tom tapota ses gros doigts comme un homme d'Église et se réinstalla dans son fauteuil.

— Vous êtes fou ! explosa-t-il. Concernant ce qu'il s'est passé il y a cinq ans, je ne peux rien dire, car je ne connaissais pas encore Daisy – et je ne souhaite en aucun cas savoir comment diable vous avez pu l'approcher à moins d'un kilomètre autrement qu'en apportant des provisions par la porte de service. Mais tout le reste de cette histoire n'est qu'un putain de mensonge. Daisy m'aimait lorsqu'elle m'a épousé et elle m'aime toujours à cet instant.

— Non, dit Gatsby en secouant la tête.

— Et si, pourtant. Le problème, c'est que parfois, des idées folles lui rentrent dans la tête et elle ne sait pas ce qu'elle fait.

Il hocha sagement la tête.

— Et en plus, j'aime aussi Daisy. De temps en temps, je fais un esclandre et je me ridiculise, mais je reviens toujours, et en mon cœur, je l'aime infiniment.

— Tu es écœurant, répliqua Daisy.

Elle se tourna vers moi, puis sa voix, tombant une octave plus bas que d'ordinaire, remplit la pièce d'un mépris électrisant :

— Tu sais pourquoi nous avons quitté Chicago ? Je suis étonnée qu'ils ne t'aient pas raconté l'histoire de ce petit esclandre.

Gatsby se déplaça jusqu'à se poster à côté d'elle.

— Daisy, tout cela est terminé, maintenant, dit-il avec sérieux. Ça n'a plus d'importance. Il te suffit de lui dire la vérité – que tu ne l'as jamais aimé – et tout disparaîtra pour toujours.

Elle le regarda, les yeux vides.

— Pourquoi – comment pourrais-je l'aimer – peut-être ?

— Tu ne l'as jamais aimé.

Elle hésita. Son regard se posa sur Jordan et moi comme une sorte d'appel, comme si elle se rendait finalement compte de ce qu'elle faisait – et comme si, pendant tout ce temps, elle n'avait jamais eu l'intention de faire quoi que ce fût. Mais c'était fait, à présent. Il était trop tard.

— Je ne l'ai jamais aimé, dit-elle avec une visible réticence.

— Pas même à Kapiolani ? demanda soudain Tom.

— Non.

Depuis la salle de bal à l'étage en dessous, des accords étouffés et suffocants dérivaient dans des vagues d'air chaud.

— Pas même ce jour où je t'ai portée depuis le Punch Bowl pour que tu ne mouilles pas tes chaussures ?

Le ton rauque de sa voix contenait une certaine tendresse…

— Daisy ?

— Tais-toi.

La voix de Daisy était froide, mais la rancœur en était partie. Elle regarda Gatsby.

— Voilà, Jay, dit-elle.

Mais alors qu'elle essayait d'allumer une cigarette, sa main tremblait. Soudain, elle jeta cette dernière ainsi que l'allumette craquée sur le tapis.

— Oh, tu en veux trop ! hurla-t-elle à Gatsby. Je t'aime maintenant – n'est-ce pas suffisant ? Je ne peux changer le passé.

Elle commença à sangloter de façon incontrôlable.

— J'ai effectivement aimé Tom, à une époque – mais je t'aimais aussi.

Les yeux de Gatsby s'ouvrirent, puis se fermèrent.

— Tu m'aimais *aussi* ? répéta-t-il.

— Même ça, c'est un mensonge, dit brutalement Tom. Elle ne savait pas que tu étais en vie. Et… il y a des choses entre Daisy et moi que vous ne connaîtrez jamais, des choses qu'aucun de nous ne pourra jamais oublier.

Ces mots parurent mordre littéralement Gatsby.

— Je souhaite parler à Daisy en privé, insista-t-il. Elle est tout agitée à présent…

— Même en privé, je ne peux pas dire que je n'ai jamais aimé Tom, admit-elle d'une voix pitoyable. Ce serait faux.

— Bien sûr que ce serait faux, confirma Tom.

Elle se tourna vers son époux.

— Comme si cela t'importait, asséna-t-elle.

— Bien sûr que cela m'importe. À partir de maintenant, je vais mieux prendre soin de toi.

— Vous ne comprenez pas, dit Gatsby avec un soupçon de panique. Vous n'allez plus prendre soin d'elle du tout.

— Vraiment ?

Tom ouvrit grand les yeux et éclata de rire. À présent, il était capable de se contenir.

— Pourquoi ?

— Car Daisy vous quitte.

— Foutaises.

— À vrai dire, c'est le cas, dit-elle avec un effort évident.

— Elle ne va pas me quitter !

Soudain, les mots de Tom s'abattirent sur Gatsby.

— Certainement pas pour un vulgaire escroc qui devrait voler l'anneau qu'il lui passerait au doigt.

— Je ne peux en supporter plus ! cria Daisy. Je vous en prie, allons-nous-en.

— Qui êtes-vous, finalement ? éclata Tom. Un de ces gars qui traînent avec Meyer Wolfshiem – ça, il se trouve que je le sais. J'ai mené une petite enquête sur vos affaires – et je compte bien creuser encore plus loin demain.

— Grand bien vous fasse, vieux frère, répondit Gatsby avec assurance.

— J'ai découvert ce qu'étaient réellement vos « pharmacies ».

Il se tourna vers nous et parla rapidement :

— Lui et ce Wolfshiem ont acheté de nombreuses petites pharmacies ici et à Chicago, et ont vendu de l'alcool de grains sous le comptoir. Voilà une de ses petites combines. Je l'ai pris pour un bootlegger la première fois que je l'ai vu, et je n'étais pas loin de la vérité.

— Et donc ? enchaîna poliment Gatsby. Je crois savoir que votre ami Walter Chase n'était pas trop fier pour en profiter.

— Et vous l'avez laissé sur le carreau, n'est-ce pas ? Vous l'avez laissé aller en prison pour un mois dans le New Jersey. Bon sang ! Vous devriez entendre Walter parler de *vous*.

— Quand il est venu nous voir, il était sur la paille. Il était très heureux de pouvoir gagner un peu d'argent, vieux frère.

— Ne m'appelez pas « vieux frère » ! hurla Tom.

Gatsby ne répondit rien.

— Walter aurait également pu vous traîner en justice pour vos jeux d'argent, mais Wolfshiem lui a fait *clairement* comprendre qu'il devait la fermer.

Cet air étrange, bien que reconnaissable, était revenu sur le visage de Gatsby.

— Cette affaire de pharmacies ne représentait que des clopinettes, poursuivit lentement Tom, mais vous êtes actuellement sur quelque chose d'autre dont Walter a trop peur pour m'en parler.

Je jetai un coup d'œil vers Daisy, qui regardait, terrifiée, à la fois Gatsby et son mari, puis vers Jordan, qui avait commencé à faire tenir un objet invisible mais fascinant en équilibre sur son menton. Puis je me retournai vers Gatsby – et sursautai face à son expression. Il avait l'air de quelqu'un – et je dis cela avec tout le mépris possible pour les calomnies bredouillées dans son jardin – qui avait « tué un homme ». Pendant un instant, l'ensemble de son visage ne pouvait être décrit que de cette improbable façon.

Cette expression passa, puis il commença à parler frénétiquement à Daisy, niant tout ce qui venait d'être dit, se défendant contre des accusations que personne n'avait formulées. Mais à chacun de ses mots, elle se repliait davantage sur elle-même, donc il abandonna, et seul le rêve mort continua à se battre alors que l'après-midi s'éclipsait, essayant de toucher ce qui n'était plus palpable, se débattant tristement, sans céder au désespoir, pour atteindre cette voix perdue à l'autre bout de la pièce.

La voix supplia de nouveau de partir.

— *Je t'en prie*, Tom ! Je ne peux pas en supporter plus.

Ses yeux effrayés disaient que quelles qu'aient été les intentions, quel qu'ait été le courage qu'elle avait eu, ils n'étaient assurément plus présents.

— Vous rentrez tous les deux, Daisy, dit Tom. Dans la voiture de M. Gatsby.

Elle regarda Tom, à présent inquiète, mais il insista avec un mépris magnanime.

— Vas-y. Il ne t'importunera pas. Je pense qu'il s'est rendu compte que son petit flirt était terminé.

Ils étaient partis, sans un mot, volatilisés, rendus accidentels, isolés, comme des fantômes, même à notre pitié.

Après un moment, Tom se leva et commença à enrouler la bouteille de whisky intacte dans la serviette.

— Vous en voulez ? Jordan ? … Nick ?

Je ne répondis rien.

— Nick ? me redemanda-t-il.

— Quoi ?

— Tu en veux ?

— Non… Je viens de me souvenir que c'est mon anniversaire, aujourd'hui.

J'avais trente ans. Devant moi s'étendait la route menaçante et de mauvais augure d'une nouvelle décennie.

Il était dix-neuf heures lorsque nous montâmes dans le coupé avec Tom et partîmes en direction de Long Island. Tom ne cessa de parler une seconde, jubilant et riant, mais sa voix était aussi lointaine de Jordan et moi que la clameur extérieure sur le trottoir ou le tumulte du métro aérien au-dessus de nos têtes. La compassion humaine a ses limites, et nous étions ravis de laisser toutes leurs disputes tragiques s'effacer dans les lumières de la ville derrière nous. Trente ans – la promesse d'une décennie de solitude, une liste d'hommes célibataires à connaître qui s'amenuise, une mallette d'enthousiasme qui se raréfie, un crâne qui se dégarnit. Mais Jordan était à côté de moi, elle qui, contrairement à Daisy, était trop sage pour transporter des rêves bien oubliés année après année. Alors que nous passions sur le sombre pont, son visage blafard tomba avec paresse sur mon épaule recouverte de mon manteau, et le redoutable coup des trente ans s'évanouit sous la pression rassurante de la main de Jordan.

Nous roulâmes donc vers la mort à travers le crépuscule rafraîchissant.

***

Le jeune Grec, Michaelis, qui gérait le café à côté des tas de cendres, était le principal témoin pour l'enquête judiciaire. Il avait dormi durant les heures les plus chaudes, jusqu'à dix-sept heures passées, puis s'était tranquillement dirigé vers le garage et avait trouvé George Wilson dans son bureau, malade – vraiment malade, aussi pâle que ses cheveux blonds et tremblant de tous ses membres. Michaelis lui avait conseillé d'aller se coucher, mais Wilson avait refusé, prétextant qu'il manquerait bien des affaires s'il le faisait. Alors que son voisin tentait de le persuader, un violent vacarme éclata au-dessus de leurs têtes.

— Ma femme est enfermée là-haut, expliqua calmement Wilson. Elle y restera jusqu'à après-demain, le jour où on va déménager.

Michaelis fut surpris ; ils avaient été voisins depuis quatre ans, et Wilson n'avait jamais paru même vaguement capable d'une telle déclaration. En général, c'était l'un de ces hommes éreintés ; lorsqu'il ne travaillait pas, il restait assis sur une chaise dans l'embrasure de la porte et observait les gens et les voitures qui passaient sur la route. Quand quelqu'un lui parlait, il riait toujours d'une façon agréable et fade. Il était l'homme de sa femme et non de lui-même.

Donc, naturellement, Michaelis essaya de découvrir ce qu'il s'était passé, mais Wilson n'en confia rien – au lieu de cela, il commença à lancer des regards curieux remplis de suspicion à son visiteur et lui demanda ce qu'il avait fait tels jours à telles heures. Juste au moment où ce dernier commençait à être mal à l'aise, des ouvriers passèrent la porte de son restaurant ; Michaelis saisit cette occasion pour s'en aller, promettant qu'il repasserait plus tard. Mais il ne revint jamais. Wilson supposa qu'il avait oublié, voilà tout. Lorsque Michaelis sortit de nouveau, un peu après dix-neuf heures, il se rappela leur conversation, car il entendit la voix de Mme Wilson, qui portait et grondait, au rez-de-chaussée du garage.

— Frappe-moi ! l'entendit-il crier. Jette-moi par terre et frappe-moi, espèce de sale petit lâche !

Un instant plus tard, elle se précipita dehors, dans le crépuscule, en agitant ses mains et en hurlant – avant qu'il n'eût le temps de quitter sa porte, il était trop tard.

La « voiture de la mort », comme l'appelaient les journaux, ne s'était pas arrêtée ; elle avait surgi de l'obscurité grandissante, avait tragiquement hésité quelques secondes, puis avait disparu au prochain virage. Mavro Michaelis n'était même pas certain de sa couleur – il dit au premier policier qu'elle était vert clair. L'autre voiture, celle qui roulait en direction de New York, s'était arrêtée une centaine de mètres plus loin, et son conducteur s'était précipité vers l'endroit où Myrtle Wilson, sa vie violemment arrachée, était allongée, au milieu de la route, et où son sang sombre et épais se mélangeait à la poussière.

Michaelis et cet homme-là furent les premiers à l'atteindre, mais lorsqu'ils déchirèrent son chemisier, encore moite de transpiration, ils virent son sein gauche se balancer comme un lambeau ; il n'était pas nécessaire d'écouter les battements de cœur sous ce dernier. Sa bouche était grande ouverte, les commissures légèrement écorchées, comme si elle s'était un peu étouffée en abandonnant l'immense vitalité qu'elle avait gardée si longtemps.

***

Nous vîmes trois ou quatre automobiles et la foule lorsque nous étions encore un peu loin.

— Un accident ! dit Tom. C'est bien. Wilson aura enfin un peu de travail.

Il ralentit, mais il n'avait encore aucune intention de s'arrêter, jusqu'à ce que, alors que nous nous rapprochions, les visages silencieux et graves des personnes devant la porte du garage le firent automatiquement freiner.

— Nous allons jeter un coup d'œil, dit-il, hésitant. Juste un coup d'œil.

Je pris alors conscience d'un bruit étouffé et plaintif émanant du garage sans discontinuer, un bruit qui, lorsque nous sortîmes du coupé et marchâmes vers la porte, se transforma en ces mots : « Oh mon Dieu ! » sans cesse prononcés dans un gémissement haletant.

— Il se passe quelque chose de grave ici, dit Tom, tout excité.

Il se mit sur la pointe des pieds et regarda par-dessus un cercle de têtes vers le garage, seulement éclairé par une lumière jaune dans un panier en métal qui se balançait au plafond. Puis un bruit sec se produisit dans sa gorge, et il se fraya un chemin en agitant violemment ses bras puissants pour lui permettre d'avancer.

Le cercle se referma avec un murmure continuel de protestation ; ce fut une minute avant que je ne pusse voir quoi que ce fût. Les nouveaux arrivants dérangeaient la ligne, et Jordan et moi fûmes soudainement poussés à l'intérieur du cercle.

Le corps de Myrtle Wilson, enveloppé dans un drap, puis dans un autre, comme si elle était parcourue de frissons dans la chaleur de la nuit, reposait sur une table de travail collée au mur, et Tom, dos à nous, était penché au-dessus du cadavre, immobile. À côté de lui se tenait un policier motocycliste, inscrivant des noms dans un petit carnet, transpirant abondamment et apportant de nombreuses corrections. Au début, je n'arrivai pas à identifier la source des mots forts et gémissants qui trouvaient leur écho en une clameur dans le garage vide – puis je vis Wilson sur le seuil surélevé de son bureau, se balançant d'avant en arrière et se tenant aux deux jambages avec chacune de ses mains. Un homme lui parlait à voix basse et tentait parfois de poser une main sur son épaule, mais Wilson n'entendait et ne voyait rien. Ses yeux passaient lentement de la lumière qui se balançait à la table chargée contre le mur, puis revenaient brusquement vers la lumière ; il émettait sans cesse cet horrible appel d'une voix puissante :

— Oh mon Dieu ! Oh mon Dieu ! Oh mon Dieu ! Oh mon Dieu !

Bientôt, Tom releva brusquement la tête, puis, après avoir balayé le garage de son regard vitreux, il marmonna une remarque incohérente au policier.

— *M-a-v-o*… épelait le policier.

— Non, *r*… corrigea l'homme. *M-a-v-r-o*…

— Écoutez-moi ! grommela Tom avec férocité.

— *r*… *o*… poursuivit le policier.

— *g*…

— *g*…

Il leva les yeux lorsque la large main de Tom tomba brusquement sur son épaule.

— Que voulez-vous, mon vieux ?

— Que s'est-il passé ? … C'est ça que je veux savoir.

— Une voiture l'a percutée. Tuée sur le coup.

— Tuée sur le coup, répéta Tom, les yeux dans le vague.

— Elle a couru sur la route. Le connard n's'est même pas arrêté.

— Il y avait deux voitures, ajouta Michaelis, une qui partait et l'autre qui arrivait, vous voyez ?

— Qui allaient où ? demanda le policier avec enthousiasme.

— Chacune dans un sens. Elle…

Sa main s'éleva vers les draps mais s'arrêta à mi-chemin et retomba le long de son corps.

— Elle est sorti d'là en courant, et la voiture qui v'nait d'New York l'a frappée d'plein fouet, à 50 ou 60 km/h.

— Comment s'appelle cet endroit ? demanda l'officier.

— Il n'a pas de nom.

Un homme noir bien habillé au visage pâle s'approcha.

— C'était une voiture jaune, dit-il. Une grosse voiture jaune. Flambant neuve.

— Vous avez vu l'accident ? l'interrogea le policier.

— Non, mais la voiture m'a dépassé sur la route, elle était à plus de 60 km/h. Plutôt à 80, 90.

— Venez par ici et donnez-moi votre nom. Poussez-vous, vous autres. Je veux prendre son nom.

Quelques mots de cette conversation durent atteindre les oreilles de Wilson, qui chancelait dans l'embrasure de la porte, car soudain, un nouveau thème s'exprima parmi ses cris saisissants :

— Vous n'avez pas à m'dire quel genre de voiture c'était ! Je sais très bien quel genre de voiture c'était !

En observant Tom, je vis la boule de muscles derrière son épaule se tendre sous son manteau. Il se dirigea rapidement vers Wilson et, se positionnant devant lui, lui attrapa fermement les biceps.

— Il faut que tu te ressaisisses, dit-il avec une rudesse apaisante.

Les yeux de Wilson se posèrent sur Tom ; il se mit sur la pointe des pieds, et serait tombé à genoux si Tom ne l'avait pas retenu.

— Écoute, lui dit Tom, légèrement tremblant. Je viens juste d'arriver, de New York. Je t'amenais ce coupé dont nous avions parlé. La voiture jaune que je conduisais cet après-midi n'était pas la mienne – tu entends ? Je ne l'ai pas vue le reste de l'après-midi.

Seuls l'homme noir et moi étions assez près pour entendre ce qu'il disait, mais le policier remarqua quelque chose dans le ton qu'il employait et lui jeta un regard agressif.

— Que signifie tout cela ? interrogea-t-il.

— Je suis un ami.

Tom tourna la tête mais garda ses mains fermement posées sur le corps de Wilson.

— Il dit qu'il connaît la voiture qui a provoqué l'accident… C'était une voiture jaune.

Une vague impulsion poussa le policier à regarder Tom d'un air suspicieux.

— Et de quelle couleur est la vôtre ?

— Bleue, un coupé.

— Nous revenons tout juste de New York, ajoutai-je.

Une personne qui avait roulé non loin derrière nous le confirma, puis l'agent se retourna.

— Maintenant, laissez-moi reprendre ce nom correctement…

Ramassant Wilson comme une poupée, Tom l'amena dans le bureau et l'assit sur une chaise avant de revenir.

— Que quelqu'un vienne et s'assoie avec lui, claqua-t-il d'un ton autoritaire.

Il observa les deux hommes qui se tenaient le plus près ; ils se regardèrent et se rendirent sans entrain dans la pièce. Ensuite, Tom ferma la porte derrière eux et descendit l'unique marche, ses yeux fuyant la table. Lorsqu'il passa près de moi, il murmura :

— Allons-nous-en.

Ses bras autoritaires nous frayant timidement un passage, nous traversâmes la foule rassemblée, croisant un médecin pressé, sa mallette à la main, qui avait été appelé une demi-heure plus tôt, dans un fol espoir.

Tom conduisit lentement jusqu'à ce que nous ayons passé le virage – puis son pied écrasa l'accélérateur, et le coupé fila dans la nuit. Quelques instants plus tard, j'entendis un sanglot rauque à peine audible, et vis les larmes envahir son visage.

— Le putain de lâche ! gémit-il. Il ne s'est même pas arrêté.

***

La maison des Buchanan flotta soudainement vers nous à travers le bruissement des arbres sombres. Tom s'arrêta à côté du porche et leva les yeux vers le premier étage, où deux fenêtres étincelaient de lumière parmi les plantes grimpantes.

— Daisy est là, dit-il.

Alors que nous sortions de la voiture, il jeta un coup d'œil vers moi et fronça légèrement les sourcils.

— J'aurais dû te déposer à West Egg, Nick. Nous n'allons rien faire, ce soir.

Un changement l'avait saisi ; il parlait avec gravité et fermeté. Nous nous dirigions vers le porche en suivant le chemin illuminé par la lune ; pendant ce temps, Tom régla la situation en quelques courtes phrases.

— Je vais appeler un taxi pour te ramener, et en attendant, toi et Jordan feriez mieux de vous rendre dans la cuisine et de commander un dîner – si vous en voulez un.

Il ouvrit la porte.

— Entrez.

— Non, merci. Mais je te serais reconnaissant de me commander un taxi. J'attendrai dehors.

Jordan posa une main sur mon bras.

— Tu ne veux pas rentrer, Nick ?

— Non, merci.

Je me sentais un peu nauséeux et souhaitais être seul. Mais Jordan s'attarda encore un instant.

— Il n'est que vingt-et-une heures trente, remarqua-t-elle.

Plutôt mourir que d'entrer dans cette maison ; je les avais assez entendus pour la journée, et soudain, cela incluait également Jordan. Elle dut le sentir à travers mon expression, car elle se retourna brutalement et monta en courant les marches sous le porche menant à la maison. Je m'assis quelques minutes, tenant ma tête dans mes mains, jusqu'à ce que j'entende que l'on saisissait le téléphone et la voix du majordome appelant un taxi. Puis je descendis lentement le chemin qui s'éloignait de la maison, ayant l'intention d'attendre la voiture au portail.

Je n'avais pas parcouru vingt mètres que j'entendis mon nom, et Gatsby sortit d'entre deux buissons à côté du sentier. Je dus avoir l'air assez étrange à cet instant, car je n'arrivais à penser à rien d'autre qu'à la luminosité de son costume rose sous la lune.

— Que faites-vous ? demandai-je.

— Je reste juste là, vieux frère.

Curieusement, cela semblait être une occupation abjecte. Pour moi, il allait cambrioler la maison d'ici quelques instants ; je n'aurais pas été surpris de voir des visages sinistres, ceux du « groupe de Wolfshiem », derrière lui, dans le sombre massif.

— Avez-vous vu quelque problème sur la route ? demanda-t-il une minute plus tard.

— Oui.

Il hésita.

— Est-elle morte ?

— Oui.

— C'est ce que je pensais ; je l'avais dit à Daisy. Il est préférable que le choc arrive d'un seul coup. Elle l'a plutôt bien supporté.

Il parlait comme si la réaction de Daisy était la seule chose qui comptait.

— Je suis allé à West Egg par une route secondaire, poursuivit-il, et j'ai laissé la voiture dans mon garage. Je pense que personne ne nous a vus, mais, bien entendu, je ne peux en être certain.

Je le haïssais tant à cet instant que je ne jugeais pas nécessaire de l'informer qu'il se trompait.

— Qui était cette femme ? demanda-t-il.

— Son nom de famille était Wilson. Son mari gère le garage. Comment diable cela a-t-il pu se produire ?

— Eh bien, j'ai tenté de tourner le volant…

Il s'interrompit, et soudain, je devinai la vérité.

— C'était Daisy qui conduisait ?

— Oui, répondit-il après une pause. Mais, évidemment, je dirai que c'était moi. Voyez-vous, lorsque nous avons quitté New York, elle était très nerveuse et pensait que conduire la calmerait – et puis cette femme a surgi devant nous au moment où nous croisions une voiture en face. Tout s'est passé très vite, mais il m'a semblé qu'elle voulait nous parler, qu'elle pensait qu'elle nous connaissait. Donc, Daisy a d'abord donné un coup de volant pour éviter la femme, mais nous allions rentrer dans la voiture d'en face ; elle a perdu son sang-froid et a de nouveau tourné le volant dans l'autre sens. À la seconde où ma main a atteint le volant, j'ai senti le choc – il a dû la tuer sur le coup.

— Il l'a déchiquetée...

— Ne me dites rien, vieux frère.

Il grimaça.

— Enfin, bref – Daisy lui a roulé dessus. J'ai essayé de l'arrêter, mais elle ne le pouvait pas, donc j'ai mis le frein à main. Elle s'est ensuite écroulée sur mes genoux, et j'ai pris le volant. Elle ira mieux demain, dit-il après quelques instants. Je vais seulement attendre ici et voir s'il essaie de l'ennuyer au sujet de ce désagréable après-midi. Elle s'est enfermée dans sa chambre, et s'il tente quelque violence que ce soit, elle allumera et éteindra la lumière plusieurs fois d'affilée.

— Il ne la touchera pas, affirmai-je. Il ne pense pas à elle.

— Je ne lui fais pas confiance, vieux frère.

— Combien de temps allez-vous attendre ?

— Toute la nuit, s'il le faut. En tout cas, jusqu'à ce qu'ils partent tous se coucher.

Un nouveau point de vue se présenta à moi. Supposons que Tom découvrît que c'était Daisy qui conduisait. Il pourrait percevoir un lien – il pourrait imaginer tout et n'importe quoi. Je regardai la maison ; deux ou trois fenêtres éclatantes au rez-de-chaussée, et la lueur rose de la chambre de Daisy à l'étage.

— Attendez ici, lui intimai-je. Je vais voir s'il y a un signe quelconque d'agitation.

Je remontai le long de la pelouse, sillonnai doucement le gravier et me mis sur la pointe des pieds sur les marches de la véranda. Les rideaux du salon étaient ouverts, et je vis que la pièce était déserte. En traversant la terrasse où nous avions dîné ce fameux soir de juin, trois mois plus tôt, j'arrivai à un petit rectangle de lumière que je devinai être la fenêtre du cellier. Le store était tiré, mais je trouvai une fente vers le rebord de la fenêtre.

Daisy et Tom étaient assis, face à face, à la table de cuisine, un plat de poulet frit froid entre eux, et deux bouteilles de bière. Il lui parlait intensément à l'autre bout de la table, et dans sa sincérité, sa main était tombée sur celle de Daisy, la recouvrant totalement. De temps à autre, elle levait les yeux vers lui et hochait la tête pour exprimer son accord.

Ils n'étaient pas heureux, et aucun d'eux n'avait touché au poulet ni à la bière – et ils n'étaient pas malheureux non plus. De cette scène émanait un air caractéristique d'intimité naturelle, et n'importe qui aurait dit qu'ils complotaient ensemble.

Alors que je regagnais le porche discrètement, j'entendis mon taxi avancer avec hésitation sur la route sombre vers la maison. Gatsby attendait sur le chemin, où je l'avais laissé.

— Est-ce que tout est calme là-dedans ? demanda-t-il avec inquiétude.

— Tout à fait.

J'hésitai.

— Vous devriez rentrer et dormir un peu.

Il secoua la tête.

— Je veux attendre ici jusqu'à ce que Daisy aille se coucher. Bonne nuit, vieux frère.

Il mit les mains dans ses poches et retourna impatiemment à sa surveillance de la demeure, comme si ma présence gâchait le caractère sacré de cette veille. Je m'éloignai donc et le laissai là, dans le clair de lune – surveillant le néant.

VIII

Je ne réussis pas à dormir de la nuit ; une corne de brume n'arrêtait pas de grogner sur le Sound, et je me tournais et retournais dans mon lit, à moitié écœuré entre une réalité grotesque et des rêves violents et effrayants. Peu avant l'aube, j'entendis un taxi remonter l'allée de Gatsby ; je sautai immédiatement hors de mon lit et entrepris de m'habiller – j'avais l'impression d'avoir quelque chose à lui dire, quelque chose contre quoi le mettre en garde, et que si j'attendais le matin, ce serait trop tard.

Traversant sa pelouse, je vis que sa porte d'entrée était toujours ouverte et qu'il était appuyé contre une table dans le hall, accablé de tristesse ou de sommeil.

— Il ne s'est rien passé, dit-il faiblement. J'ai attendu, et à environ quatre heures, elle est venue devant la fenêtre, est restée là une petite minute, puis a éteint la lumière.

Sa maison ne m'avait jamais semblé si gigantesque que cette nuit-là, lorsque nous retournions chaque pièce pour trouver des cigarettes. Nous ouvrîmes les rideaux tels des pavillons, et tâtions d'innombrables mètres de murs sombres afin de trouver des interrupteurs – à un moment, je chutai dans une sorte d'éclaboussure sur les touches d'un piano fantomatique. Il y avait partout une quantité inexplicable de poussière, et les pièces avaient une odeur de renfermé, comme si elles n'avaient pas été aérées depuis plusieurs jours. Je trouvai la boîte à cigares sur une table, qui n'était pas sa place habituelle, avec deux vieilles cigarettes séchées à l'intérieur. Après avoir ouvert les portes-fenêtres du salon, nous nous assîmes pour fumer dans l'obscurité.

— Vous devriez partir, dis-je. Il est presque certain qu'ils retrouveront votre voiture.

— Partir maintenant, vieux frère ?

— Allez à Atlantic City une semaine, ou plus haut, vers Montréal.

Il n'en était pas question. Il ne pouvait quitter Daisy avant de savoir ce qu'elle allait faire. Il s'accrochait à un dernier espoir et je ne supportais pas de l'en libérer.

Ce fut cette nuit-là qu'il me raconta l'étrange histoire de sa jeunesse avec Dan Cody – il me la conta car « Jay Gatsby » s'était brisé comme du verre contre la violente malveillance de Tom, et le somptueux étalage, long et secret, se joua. Je pense qu'il aurait tout confessé à cet instant, sans réserve, mais il souhaitait parler de Daisy.

Elle était la première fille « bien » qu'il avait connu. Par le biais de capacités variées et non révélées, il avait établi un contact avec de telles personnes, mais toujours avec des barbelés indiscernables entre elles et lui. Il la trouvait passionnément séduisante. Il se rendit chez elle, tout d'abord avec d'autres officiers du Camp Taylor, puis seul. Cela l'émerveillait – il n'était jamais entré dans une si belle maison auparavant. Mais ce qui donnait à cette demeure une intensité à couper le souffle était que Daisy y vivait – elle y était autant à son aise que lui dans sa tente au camp. Il y régnait un mystère mûri, un soupçon de chambres à l'étage toutes plus belles et fraîches que les autres, d'activités joyeuses et rayonnantes dans ses couloirs, d'idylles pas encore fanées et déjà reléguées dans la lavande, mais fraîches, revigorantes et parfumées des automobiles étincelantes de l'année, et de bals dont les fleurs étaient à peine flétries. Que de nombreux hommes eussent déjà aimé Daisy l'excitait également – à ses yeux, cela ne lui donnait qu'encore plus de valeur. Il sentait leur présence partout dans la maison, imprégnant l'air avec les ombres et les échos d'émotions toujours vives.

Mais il savait qu'il s'était retrouvé dans la maison de Daisy par un colossal accident. Aussi glorieux que pouvait être son avenir en tant que Jay Gatsby, c'était à cette époque un jeune homme fauché sans passé, et à tout moment, la cape invisible de son uniforme pouvait glisser de ses épaules. Il en profita donc au maximum. Il prit ce qu'il pouvait prendre, avec voracité et sans scrupules – et un jour, il prit Daisy, un soir tranquille d'octobre ; il la prit car il n'avait pas réellement le droit de lui toucher la main.

Il aurait pu se haïr, car il l'avait assurément prise sous de fausses représentations. Je ne veux pas dire qu'il avait tiré parti de ses millions de fantômes, mais il avait délibérément fourni à Daisy un sentiment de sécurité ; il l'avait laissé croire qu'il était un homme issu de la même strate qu'elle – qu'il était tout à fait capable de prendre soin d'elle. En réalité, il n'avait pas de telles compétences – il ne pouvait se reposer sur aucune famille aisée, et il était soumis aux coups de tête d'un gouvernement impersonnel qui pouvaient l'envoyer n'importe où dans le monde.

Mais il ne se détesta pas, et la situation ne tourna pas comme il l'avait imaginé. Il avait sans doute eu l'intention de prendre ce qu'il pouvait et de partir – mais à présent, il découvrait qu'il s'était engagé dans la poursuite d'un Graal. Il savait que Daisy était extraordinaire, mais il ne se rendait pas compte à quel point une fille « bien » pouvait l'être. Elle disparut dans sa maison cossue, dans sa vie passionnante tout aussi riche, réduisant Gatsby à… rien. Il se sentait marié à elle, voilà tout.

Lorsqu'ils se revirent, deux jours plus tard, ce fut Gatsby qui eut le souffle coupé, qui fut trahi, en quelque sorte. Le porche de Daisy brillait du luxe acheté des étoiles ; l'osier du canapé émit un couinement chic lorsqu'elle se tourna vers lui, puis il embrassa ses charmantes lèvres curieuses. Elle avait attrapé froid, et cela rendait sa voix plus rauque et séduisante que jamais ; Gatsby était totalement conscient de la jeunesse et du mystère que la richesse emprisonne et préserve, de la fraîcheur de nombreux vêtements, et de Daisy, brillant comme de l'argent, à l'abri et fière au-dessus des terribles difficultés des pauvres.

***

— Je ne peux vous décrire combien j'ai été surpris de découvrir que j'étais amoureux d'elle, vieux frère. J'ai même un temps espéré qu'elle me quitte, mais elle n'en a rien fait, car elle m'aimait également. Elle pensait que j'étais très instruit car je connaissais des choses différentes d'elle... J'en étais donc là, loin de mes ambitions, tombant un peu plus amoureux chaque minute, et tout d'un coup, je n'en avais rien à faire. Quel était l'intérêt d'accomplir de grandes choses si je pouvais passer un meilleur moment en lui disant ce que j'allais faire ?

Le dernier après-midi avant le départ de Gatsby, il resta assis avec Daisy au creux de ses bras, pendant un long moment silencieux. C'était une journée fraîche d'automne, un feu allumé dans la cheminée et ses joues rougies. De temps en temps, elle bougeait et repositionnait légèrement le bras de son amoureux, et il déposa un baiser dans ses cheveux sombres et brillants. L'après-midi les avait rendus paisibles pendant un moment, comme pour leur offrir un profond souvenir en prévision de la longue séparation que promettait le lendemain. Ils n'avaient jamais été aussi proches durant leur mois d'amour, et n'avaient pas communiqué si totalement que lorsqu'elle frotta ses lèvres silencieuses contre son manteau, au niveau de son épaule, ou lorsqu'il toucha le bout de ses doigts, avec délicatesse, comme si elle était endormie.

***

Il se débrouilla extraordinairement bien pendant la guerre. Il devint capitaine avant de partir au front, et après la bataille d'Argonne, il obtint le grade de commandant et fut placé à la tête de la division des mitrailleuses. Après l'Armistice, il essaya désespérément de rentrer au pays, mais une certaine complication ou méprise l'envoya à Oxford à la place. À présent, il était inquiet – un air de désespoir nerveux transparaissait dans les lettres de Daisy. Elle ne comprenait pas pourquoi il ne pouvait revenir. Elle subissait la pression du monde extérieur, elle voulait voir Gatsby, sentir sa présence à côté d'elle et être assurée que ce qu'elle faisait était bien le bon choix.

Car Daisy était jeune, et son monde artificiel évoquait des orchidées, un snobisme plaisant et réjouissant, des orchestres qui donnaient le rythme de l'année, résumant la tristesse et la grivoiserie de la vie par de nouvelles mélodies. Toute la nuit, les saxophones gémissaient les commentaires désespérés de *Beale Street Blues*, alors qu'une centaine de chaussures dorées et argentées remuaient la poussière brillante. Aux heures creuses de la journée, il y avait toujours des pièces qui vibraient constamment avec cette légère et douce fièvre, pendant que de nouveaux visages flânaient ici et là comme des pétales de rose soufflées par les tristes cuivres sur le sol.

À travers cet univers crépusculaire, Daisy recommença à bouger avec la saison ; subitement, elle avait de nouveau une demi-douzaine de rendez-vous par jour avec autant d'hommes, et somnolait à l'aube, les perles et la mousseline de soie d'une robe de soirée mêlées à des orchidées presque fanées sur le sol, à côté de son lit. Et pendant tout ce temps, en son for intérieur, quelque chose lui hurlait de prendre une décision. Elle voulait construire sa vie à cet instant, immédiatement, et cette décision devrait être prise par la force – de l'amour, de l'argent, d'un sens pratique incontestable – qui était à portée de main.

Cette force prit forme au milieu du printemps avec l'arrivée de Tom Buchanan. Il y avait une abondance salutaire dans sa personne et sa situation, et Daisy en était flattée. Sans aucun doute, elle ressentit à la fois une certaine contestation et un certain soulagement. Gatsby reçut la lettre alors qu'il était toujours à Oxford.

***

À présent, le soleil se levait sur Long Island ; nous entreprîmes d'ouvrir le reste des fenêtres du rez-de-chaussée, remplissant la maison d'une lumière grisâtre tirant sur l'or. L'ombre d'un arbre tomba brusquement à travers la rosée et des oiseaux fantomatiques commencèrent à chanter au milieu des feuilles bleues. Il y avait un lent mouvement agréable dans l'air, à peine une brise, promettant une belle et fraîche journée.

— Je ne pense pas qu'elle l'ait un jour aimé.

Gatsby se détourna d'une fenêtre et me regarda d'un air provocateur.

— Rappelez-vous, vieux frère, elle était surexcitée, hier après-midi. Il lui a dit ces choses d'une façon qui l'a effrayée – qui me donnait l'air d'un vulgaire escroc. Résultat : elle savait à peine ce qu'elle disait.

Il s'assit, la mine sombre.

— Bien sûr qu'elle a pu l'aimer ne serait-ce qu'une minute, lorsqu'ils venaient de se marier – et elle m'aimait encore plus même à cet instant, vous comprenez ?

Soudain, il émit une étrange remarque.

— En tout cas, c'est purement personnel, dit-il.

Que faire de cela, à part soupçonner quelque intensité dans sa conception de cette relation qui ne pouvait être mesurée ?

Il était revenu de France alors que Tom et Daisy étaient encore en lune de miel, et il fit un voyage à Louisville, pitoyable mais irrésistible, avec ce qu'il restait de son salaire de l'armée. Il y séjourna une semaine, déambulant dans les rues où leurs pas avaient résonné en chœur dans la nuit de novembre et revenant aux endroits reculés où ils s'étaient rendus dans la voiture blanche de Daisy. Tout comme la maison de cette dernière lui paraissait plus mystérieuse et gaie que d'autres, l'idée qu'il se faisait de la ville elle-même, même si elle ne s'y trouvait plus, était imprégnée d'une beauté mélancolique.

Il partit de Louisville, avec l'impression que s'il avait cherché un peu plus, il l'aurait peut-être trouvée – qu'il la laissait derrière lui. Dans la voiture-coach – il était à présent sans le sou – il faisait une chaleur terrible. Il se rendit dans le hall ouvert et s'assit sur une chaise pliante, puis la gare glissa au loin, l'arrière de bâtiments inconnus défilèrent. Puis arrivèrent les champs printaniers, où un tramway jaune coursa le train pendant une minute, transportant des personnes qui avaient pu voir un jour la pâle magie du visage de Daisy au détour d'une rue ou d'une autre.

Les rails prirent un virage, et à présent, ils s'éloignaient du soleil, qui semblait se répandre, alors qu'il déclinait, comme une bénédiction au-dessus de la ville qui s'évanouissait, dans laquelle *elle* avait respiré. Il tendit désespérément la main, comme pour saisir ne serait-ce qu'une fine volute d'air, pour sauver un fragment de l'endroit qu'elle avait rendu charmant à ses yeux. Mais à présent, tout défilait trop vite pour son regard embué, et il savait qu'il avait perdu cette partie de sa vie, la plus fraîche et la meilleure, et ce pour toujours.

Il était neuf heures lorsque nous finîmes notre petit-déjeuner et sortîmes sur la véranda. La nuit avait entraîné une grande différence dans la météo ; un goût d'automne planait dans l'air. Le jardinier, le dernier des anciens domestiques de Gatsby, vint au pied des marches.

— Aujourd'hui, je vais vider la piscine, M. Gatsby. Les feuilles commenceront à tomber très bientôt, et cela entraîne toujours des soucis avec la tuyauterie.

— Ne le faites pas aujourd'hui, répondit Gatsby.

Il se tourna vers moi en s'excusant.

— Vous savez, vieux frère, que je n'ai pas profité de cette piscine de tout l'été ?

Je jetai un œil à ma montre avant de me lever.

— Mon train part dans douze minutes.

Je ne voulais pas me rendre en ville. J'aurais été bien incapable d'accomplir le moindre travail, mais il y avait autre chose – je ne souhaitais pas laisser Gatsby. Je manquai ce train, puis un autre, avant de réussir à m'en aller.

— Je vous appellerai, finis-je par dire.

— Faites, vieux frère.

— Vers midi.

Nous descendîmes lentement les marches.

— Je suppose que Daisy appellera aussi.

Il me regarda, anxieux, comme s'il espérait que je confirmasse ce qu'il venait de dire.

— Je présume que oui.

— Eh bien, au revoir.

Nous nous serrâmes la main, puis j'amorçai mon départ. Juste avant que je n'atteigne la haie, je me rappelai quelque chose et me retournai.

— Ce ne sont que des pourris, hurlai-je à l'autre bout de la pelouse. Vous valez bien mieux que tous ceux-là réunis.

J'ai toujours été heureux de lui avoir dit cela. Ce fut le seul compliment que je lui avais adressé, car je le désapprouvais de A à Z. Tout d'abord, il hocha la tête poliment, puis son visage fut traversé par ce sourire radieux et compréhensif, comme si nous avions été de mèche à ce sujet durant tout ce temps. Son magnifique costume rose, en loques, représentait un éclatant point coloré sur les marches blanches, et je repensai au soir où je m'étais rendu pour la première fois dans cette demeure ancestrale, trois mois plus tôt. La pelouse et le chemin étaient remplis des visages de ceux qui devinaient sa corruption – et il s'était tenu sur ces marches, dissimulant son rêve incorruptible, alors qu'il leur disait au revoir d'un geste de la main.

Je le remerciai pour son hospitalité. Nous le remerciions toujours pour cela – moi et les autres.

— Au revoir, lançai-je. J'ai adoré le petit-déjeuner, Gatsby.

***

Enfin en ville, j'essayai pendant un moment de lister les cotations d'une quantité interminable d'actions, puis je m'assoupis sur mon siège de bureau. Juste avant midi, le téléphone me réveilla ; je sursautai, la sueur au front. C'était Jordan Baker ; elle m'appelait souvent à cette heure-ci, car l'incertitude de ses déplacements entre hôtels, clubs et maisons particulières la rendait difficile à joindre d'une autre façon. Généralement, sa voix sortait du combiné comme rafraîchissante et détendue, comme si un divot d'un terrain de golf venait d'arriver à la fenêtre du bureau, mais ce matin-là, elle paraissait sévère et sèche.

— Je suis partie de chez Daisy, dit-elle. Je suis à Hempstead, et je descends à Southampton cet après-midi.

Il était sans doute délicat de quitter la maison de Daisy, mais l'acte en lui-même m'agaça, et sa remarque suivante me crispa.

— Tu as été plutôt grossier avec moi, hier soir.

— Quelle importance en un moment pareil ?

Un instant de silence. Puis :

— Quoi qu'il en soit, j'ai envie de te voir.

— Moi aussi.

— Que dirais-tu que je n'aille pas à Southampton et que je vienne en ville cet après-midi ?

— Non – je ne crois pas, pas aujourd'hui.

— Très bien.

— C'est impossible cet après-midi. À cause de plusieurs…

Nous parlâmes ainsi un moment, puis, brusquement, nous ne parlions plus du tout. Je ne sais pas lequel de nous raccrocha avec un claquement sec, mais je sais que peu m'importait. Je n'aurais pas pu lui parler assis à une table à thé ce jour-là, si je devais à nouveau lui parler dans cette vie.

J'appelai chez Gatsby quelques minutes plus tard, mais la ligne était occupée. Je tentai quatre fois ; finalement, un central exaspéré m'informa que la ligne était réservée pour un appel longue distance en provenance de Détroit. Saisissant les horaires de train, j'entourai d'un petit cercle celui de quinze heures cinquante. Puis je me renfonçai dans mon fauteuil et essayai de réfléchir. Il n'était que midi.

***

Lorsque je dépassai les tas de cendres ce matin-là, à bord de mon train, je m'étais délibérément déplacé de l'autre côté du wagon. Je supposais qu'il y aurait à cet endroit une étrange foule toute la journée, avec de jeunes garçons à la recherche de taches sombres dans la poussière, et un homme bavard racontant en boucle ce qu'il s'était passé, jusqu'à ce que l'histoire paraisse de moins en moins vraie, même pour lui, qu'il ne puisse plus la narrer, et que le tragique exploit de Myrtle Wilson fût oublié. À présent, je souhaite revenir un peu en arrière et raconter ce qu'il s'est passé au garage après notre départ de la veille.

Ils eurent des difficultés à trouver sa sœur, Catherine. Elle avait dû ne pas respecter sa règle de ne pas boire ce soir-là, car lorsqu'elle arriva, elle était ivre morte et incapable de comprendre que l'ambulance était déjà partie pour Flushing. Lorsqu'ils arrivèrent à l'en convaincre, elle s'évanouit sur-le-champ, comme s'il s'agissait de la partie insupportable de cette affaire. Une certaine personne, aimable ou curieuse, la fit monter dans sa voiture et la conduisit à la suite du corps de sa sœur.

Jusqu'à bien après minuit, une foule changeante était rassemblée à l'entrée du garage, pendant qu'à l'intérieur, George Wilson se balançait d'avant en arrière sur le canapé. Pendant un moment, la porte du bureau fut ouverte, et chaque individu entrant dans le garage y jeta un irrésistible coup d'œil. Quelqu'un finit par dire que c'était une honte et ferma la porte. Michaelis et de nombreux autres hommes étaient avec lui ; quatre ou cinq dans un premier temps, puis deux ou trois. Plus tard encore, Michaelis dut demander au dernier étranger d'attendre ici un quart d'heures de plus, afin qu'il puisse repartir dans son restaurant et préparer du café. Après cela, il resta seul avec Wilson jusqu'à l'aube.

Vers trois heures du matin, la qualité des marmonnements incohérents de Wilson changea – il devint plus calme et commença à parler de la voiture jaune. Il annonça qu'il connaissait un moyen de savoir à qui elle appartenait, puis il révéla qu'un ou deux mois plus tôt, sa femme était revenue du centre-ville avec le visage tuméfié et le nez cassé.

Mais lorsqu'il s'entendit dire cela, il tressaillit et se mit de nouveau à hurler « Oh mon Dieu ! » de sa voix gémissante. Michaelis tenta une distraction maladroite.

— Depuis combien d'temps êtes-vous marié, George ? Allez, essayez d'vous calmer un instant, et répondez à ma question. Depuis combien d'temps êtes-vous marié ?

— Douze ans.

— Vous avez des enfants ? Allez, George, tenez-vous tranquille – j'vous ai posé une question. Vous avez eu des enfants ?

Les scarabées marron occasionnaient un bruit sourd lorsque leur solide carapace se heurtait à la lumière terne, et chaque fois que Michaelis entendait à l'extérieur une voiture filer sur la route, il lui semblait que c'était celle qui ne s'était pas arrêtée quelques heures plus tôt. Il n'aimait pas se trouver dans le garage, car la table de travail était taché là où le corps avait été déposé, donc il déambulait dans le bureau, mal à l'aise – il connut le nom de chaque outil qui s'y trouvait avant l'aube – et parfois, il s'asseyait à côté de Wilson, essayant de le calmer.

— Y a une église à laquelle vous vous rendez à l'occasion, George ? Même si vous n'y êtes pas allé depuis longtemps ? Peut-être que j'pourrais la contacter et faire venir un prêtre pour qu'il vous parle, vous comprenez ?

— J'en ai pas.

— Vous devriez en avoir une, George, dans des moments comme celui-ci. Vous avez bien dû vous rendre dans une église une fois dans votre vie. Vous vous êtes pas marié dans une église ? Écoutez, George, écoutez-moi. Vous vous êtes pas marié dans une église ?

— C'était y a très longtemps.

L'effort mis dans ses réponses brisa le rythme de ses balancements – il demeura silencieux pendant un instant.

Puis le même air mi-ignorant, mi-perplexe, revint dans ses yeux ternis.

— Regardez dans l'tiroir, dit-il en désignant le bureau du doigt.

— Lequel ?

— Là – celui-là.

Michaelis ouvrit le tiroir le plus proche de sa main. Il ne contenait rien à part une petite laisse de luxe pour chien, faite de cuir et d'argent tressé. Elle était visiblement neuve.

— Ça ? demanda-t-il, la tenant en l'air.

Wilson regarda l'objet fixement et acquiesça.

— J'l'ai trouvée hier après-midi. Elle a essayé d'm'en parler, mais j'savais que c'était quelque chose d'étrange.

— Vous voulez dire que c'est votre femme qui l'a achetée ?

— Elle l'avait enveloppée dans du papier d'soie et rangée dans son bureau.

Michaelis ne voyait rien d'étrange là-dedans, et il servit à Wilson une dizaine de raisons pour lesquelles sa femme aurait pu acheter cette laisse. Mais sans doute Wilson avait-il déjà entendu des explications similaires, de la part de Myrtle, car il recommença à prononcer « Oh mon Dieu ! » dans un murmure – son consolateur abandonna nombre d'explications dans les airs.

— Puis il l'a tuée, déclara Wilson.

Sa bouche s'ouvrit subitement en grand.

— Qui donc ?

— J'ai un moyen d'le découvrir.

— Vous êtes morbide, George, répondit son ami. Vous avez subi une grande pression et vous savez pas c'que vous dites. Vous feriez mieux d'essayer de rester tranquille jusqu'au matin.

— Il l'a assassinée.

— C'était un accident, George.

Wilson secoua la tête pour exprimer son désaccord. Ses yeux se plissèrent et sa bouche s'élargit légèrement avec l'ombre d'un « Hmm ! » prononcé d'un ton supérieur.

— Je sais, dit-il d'un ton assuré. Je suis d'ceux qui font confiance, et je veux de mal à personne, mais quand je sais quelque chose, j'en suis sûr. C'était l'homme dans cette voiture. Elle a couru à l'extérieur pour lui parler et il s'est pas arrêté.

Michaelis avait également vu cette scène, mais il ne lui avait accordé aucune signification particulière. Il croyait que Mme Wilson avait fui son mari, pas qu'elle cherchait à arrêter quelque voiture que ce fût.

— Pourquoi elle aurait fait ça ?

— C'était une femme profonde, dit Wilson comme si cela répondait à la question. Ah…

Il recommença à se balancer ; Michaelis continua à tordre la laisse dans le creux de sa main.

— Peut-être que vous avez un ami que j'pourrais appeler, George ?

C'était là un mince espoir – il était presque certain que Wilson n'avait aucun ami ; il n'était pas même capable de suffire à sa femme. Un peu plus tard, il fut ravi lorsqu'il constata un changement dans la pièce, une accélération bleue à travers la fenêtre, et qu'il réalisa que l'aube était proche. À environ cinq heures, il faisait assez clair dehors pour pouvoir éteindre les lumières.

Les yeux embués de Wilson se tournèrent vers les tas de cendres, où de petits nuages gris formaient des silhouettes improbables, puis filaient de part et d'autre dans la faible brise de l'aurore.

— J'lui ai parlé, marmonna-t-il après un long silence. J'lui ai dit qu'elle pouvait m'tromper moi mais qu'elle pourrait pas tromper Dieu. J'l'ai emmenée devant la fenêtre…

Dans un effort, il se leva et se dirigea vers la fenêtre arrière, puis se pencha vers elle, écrasant son visage contre le verre.

— … et j'ai dit : « Dieu sait c'que t'as fait, tout c'que t'as fait. Tu peux m'tromper, mais tu peux pas tromper Dieu ! »

Debout derrière lui, Michaelis vit avec stupeur qu'il regardait les yeux du Docteur T. J. Eckleburg, qui venaient d'émerger, pâles et énormes, de la nuit qui se dissipait.

— Dieu voit tout, répéta Wilson.

— C'est un panneau publicitaire, lui assura Michaelis.

Quelque chose le fit se détourner de la fenêtre et observer la pièce à nouveau. Mais Wilson se tint là un long moment, son visage collé au carreau, hochant la tête dans la pénombre.

***

À six heures, Michaelis était épuisé, ainsi que soulagé d'entendre le bruit d'une voiture qui s'arrêtait à l'extérieur. C'était l'un des veilleurs de la nuit précédente, qui avait promis de repasser, donc il prépara trois petits-déjeuners, que lui et l'autre homme mangèrent ensemble. À présent, Wilson était plus calme, donc Michaelis repartit chez lui pour dormir ; lorsqu'il se réveilla quatre heures plus tard et revint au garage, Wilson était parti.

Ses mouvements – il se déplaça à pied tout du long – furent ensuite retracés jusqu'à Port Roosevelt, puis à Gad's Hill, où il acheta un sandwich qu'il ne mangea pas, ainsi qu'une tasse de café. Il devait être fatigué et avoir marché lentement, car il n'atteignit Gad's Hill qu'à midi. À partir de là, il fut aisé de retrouver la suite de son parcours – des garçons avaient aperçu un homme « se conduisant comme un fou », ainsi que des automobilistes qu'il fixa d'un air étrange de l'autre côté de la route. Puis il avait disparu de la circulation pendant trois heures. La police, en se basant sur ce qu'il avait dit à Michaelis, qu'il avait « un moyen de le découvrir » – celui qui avait assassiné sa femme – supposa qu'il avait passé ce temps-là par ici, à errer de garage en garage, à la recherche d'une voiture jaune. D'un autre côté, aucun garagiste qui l'avait vu ne se présenta, et peut-être avait-il un moyen plus simple, plus sûr de découvrir ce qu'il voulait savoir. À quatorze heures trente, il était à West Egg, où il demanda son chemin à un passant pour se rendre à la maison de Gatsby. Donc, à ce moment-là, il connaissait le nom de Gatsby.

***

À quatorze heures, Gatsby enfila son maillot de bain et donna pour consigne au majordome que si quelqu'un appelait, il devrait venir l'en informer à la piscine. Il s'arrêta dans le garage pour trouver un matelas pneumatique qui avait amusé ses invités pendant l'été, puis le chauffeur l'aida à le gonfler. Il ordonna ensuite que la voiture décapotable ne fût sortie sous aucun prétexte – et cela était étrange, car l'aile avant droite avait besoin d'être réparée.

Gatsby posa le matelas sur son épaule et se dirigea vers la piscine. Il s'arrêta sur son chemin et le déplaça légèrement ; le chauffeur lui demanda s'il avait besoin d'aide, mais Gatsby secoua la tête et disparut un instant plus tard dans les arbres jaunissants.

Aucun message téléphonique ne fut transmis, mais le majordome veilla et en attendit un jusqu'à seize heures – jusque bien après qu'il y eût quelqu'un à qui le transmettre s'il venait enfin. J'ai dans l'idée que Gatsby lui-même savait qu'il ne viendrait pas, et peut-être que cela ne lui importait plus. Si c'était vrai, il dut sentir qu'il avait perdu l'ancien monde chaleureux, payé un prix élevé pour vivre trop longtemps avec un seul rêve. Il dut lever les yeux vers un ciel étranger, à travers des feuilles effrayantes, et frissonner lorsqu'il découvrit combien une rose est une chose grotesque et combien les rayons du soleil étaient vifs sur l'herbe à peine créée. Un nouveau monde, matériel sans être réel, où de pauvres fantômes, respirant des rêves comme de l'air, erraient de façon fortuite... comme cette fantastique silhouette cendreuse glissant vers lui à travers les arbres amorphes.

Le chauffeur – l'un des protégés de Wolfshiem – entendit les détonations ; après cela, il put seulement dire qu'il n'y avait pas vraiment prêté attention. Je roulai directement de la gare vers la maison de Gatsby, et ma précipitation en montant les marches du perron fut la première chose qui alarma tout le monde. Mais ils le savaient déjà, j'en suis persuadé. Échangeant à peine un mot, nous nous précipitâmes – le chauffeur, le majordome, le jardinier et moi-même – vers la piscine.

Il y avait un faible, presque imperceptible mouvement de l'eau alors que l'écoulement d'un côté se dépêchait d'atteindre la canalisation à l'opposée. Avec de légères ondulations qui étaient à peine les ombres de vagues, le matelas chargé bougeait de façon irrégulière à la surface de la piscine. Un faible coup de vent qui ondulait si peu la surface suffisait à perturber sa course accidentelle avec sa charge qui l'était tout autant. Le contact d'un amas de feuilles le faisait tourner lentement, traçant dans l'eau, comme la fin d'un cycle, un cercle fin et rouge.

Ce ne fut que lorsque nous nous dirigeâmes vers la maison avec Gatsby que le jardinier découvrit le corps de Wilson un peu plus loin, sur l'herbe ; alors, le génocide prit fin.

IX

Deux ans plus tard, je me rappelle le reste de cette journée, et de cette nuit, et du lendemain, uniquement comme un incessant défilé de policiers, de photographes et de journalistes entrant et sortant par la porte de Gatsby. Un ruban était tendu devant l'entrée principale, et un policier posté à côté de lui éloignait les curieux, mais les jeunes garçons découvrirent rapidement qu'ils pouvaient entrer en passant par mon jardin ; il y en avait toujours quelques-uns rassemblés non loin de la piscine, bouche bée. Quelqu'un avec une attitude positive, peut-être un détective, employa l'expression « fou » alors qu'il se penchait sur le corps de Wilson cet après-midi-là, et l'autorité fortuite de sa voix donna le ton aux articles de journaux du lendemain matin.

La plupart de ces articles étaient un cauchemar – grotesques, détaillés, avides et faux. Lorsque le témoignage de Michaelis dans le cadre de l'enquête mit en lumière les soupçons que Wilson nourrissait concernant sa femme, je pensais que toute l'histoire serait rapidement servie en une vive pasquinade – mais Catherine, qui aurait pu dire n'importe quoi, ne souffla pas un mot. Elle montra également une surprenante force de caractère à ce sujet – elle regardait le médecin légiste avec des yeux déterminés sous ses sourcils corrigés, et jura que sa sœur n'avait jamais vu Gatsby, que cette dernière était tout à fait heureuse avec son mari, qu'elle n'avait jamais commis quelque crime que ce fût. Elle se persuadait de ce qu'elle racontait, pleurait dans son mouchoir, comme si la simple suggestion de tout cela dépassait ce qu'elle pouvait supporter. Donc Wilson fut réduit à un homme « rendu fou par le deuil » afin que l'affaire fût rapidement classée. Et ce fut le cas.

Mais toute cette partie semblait lointaine et superflue. J'étais du côté de Gatsby, et moi seul. À partir du moment où j'avais informé le village de West Egg de la catastrophe, chaque hypothèse le concernant, chaque question d'ordre pratique m'était adressée. Je fus d'abord surpris et confus ; puis, alors qu'il reposait dans sa maison, sans bouger, ni respirer, ni parler, heure après heure, je compris que j'en étais responsable, car cela n'intéressait personne – par intéresser, j'entends avec cet intérêt personnel et intense auquel tout le monde a vaguement droit à la fin de sa vie.

J'appelai Daisy une demi-heure après que nous l'avions trouvé, instinctivement et sans hésitation. Mais elle et Tom étaient partis tôt cet après-midi-là et avaient emporté des valises avec eux.

— N'ont laissé aucune adresse ?

— Non.

— N'ont pas dit quand ils reviendraient ?

— Non.

— Une idée d'où ils sont allés ? Comment puis-je les joindre ?

— Je ne sais pas. Du tout.

Je voulais amener quelqu'un le voir. Je voulais entrer dans la pièce où il était étendu et le rassurer : « Je vais faire venir quelqu'un pour vous voir, Gatsby. Ne vous inquiétez pas. Faites-moi seulement confiance et j'amènerai quelqu'un vous voir… »

Le nom de Meyer Wolfshiem ne se trouvait pas dans l'annuaire. Le majordome me fournit l'adresse de son bureau situé à Broadway, puis j'appelai les Renseignements, mais le temps que j'obtinsse son numéro, il était dix-sept heures passées, et personne ne répondit.

— Pourriez-vous rappeler ?

— J'ai déjà appelé trois fois.

— C'est très important.

— Désolé. J'ai bien peur que personne ne soit là.

Je revins dans le salon et pensai un instant qu'elles étaient des visiteurs fortuits, toutes ces personnes officielles qui le remplissaient soudain. Mais alors qu'ils soulevaient le drap et regardaient Gatsby avec des yeux bouleversés, sa protestation se poursuivait dans mon esprit : « Écoutez-moi bien, vieux frère, vous devez amener quelqu'un me voir. Vous devez essayer de toutes vos forces. Je ne peux pas traverser cela tout seul. »

Quelqu'un commença à me poser des questions, mais je quittai la pièce ; une fois à l'étage, je fouillai à la hâte les parties déverrouillées de son bureau – il ne m'avait jamais clairement dit que ses parents étaient morts. Mais il n'y avait rien – seulement une photo de Dan Cody, témoignage d'une violence oubliée, me regardant du haut de son mur.

Le lendemain matin, j'envoyai le majordome à New York avec une lettre adressée à Wolfshiem, qui demandait des informations et le priait de se rendre chez Gatsby par le premier train. Cette requête sembla superflue lorsque je l'écrivis. J'étais certain qu'il bondirait de son siège lorsqu'il verrait les journaux, tout comme j'étais sûr que je recevrais un appel de Daisy avant midi – mais ni le coup de fil ni M. Wolfshiem n'arriva ; personne ne vint hormis plus de policiers, de photographes et de journalistes. Lorsque le majordome rapporta la réponse de Wolfshiem, je commençai à ressentir un genre de défi, de solidarité méprisante entre Gatsby et moi, contre tous les autres.

« *Cher M. Carraway,*

Cela a été l'un des chocs les plus terribles de ma vie, je peux à peine croire qu'il s'agit de la vérité. Un acte aussi fou que celui de cet homme devrait tous nous faire réfléchir. Je ne peux venir maintenant car je suis retenu par une affaire très importante et ne peux être mêlé à cela en ce moment. S'il y a quoi que ce soit que je puisse faire un peu plus tard, faites-le-moi savoir par une lettre portée par Edgar. Je perds tous mes repères lorsque j'apprends pareille nouvelle et me sens totalement abattu.

Bien à vous,
Meyer Wolfshiem »

Puis un addenda hâtif en dessous :

« *Envoyez-moi les détails pour son enterrement etc. ne connais pas sa famille du tout.* »

Lorsque le téléphone sonna cet après-midi-là et que le centre d'appel Longue Distance informa que Chicago était en ligne, je pensais que c'était enfin Daisy. Mais la communication débuta par une voix masculine, faible et lointaine.

— Slagle à l'appareil…

— Oui ?

Ce nom ne m'était pas familier.

— Quelle histoire, n'est-ce pas ? Vous avez eu mon télégramme ?

— Nous n'en avons reçu aucun.

— Le jeune Parke a des ennuis, dit-il rapidement. Ils l'ont attrapé lorsqu'il faisait passer les obligations sous le comptoir. Ils ont eu un circulaire de New York qui leur a donné les numéros à peine cinq minutes plus tôt. Que dites-vous de ça, hein ? On peut jamais trop prévoir dans ces bleds paumés…

— Holà ! l'interrompis-je à bout de souffle. Écoutez-moi – ce n'est pas M. Gatsby. Il est mort.

Un long silence s'installa à l'autre bout du fil, suivi par une exclamation… puis un cri rapide lorsque la communication se coupa.

***

Il me semble que ce fut le troisième jour après les évènements qu'un télégramme signé Henry C. Gatz arriva d'une ville du Minnesota. Il disait que l'expéditeur partait immédiatement et demandait à repousser l'enterrement jusqu'à son arrivée.

C'était le père de Gatsby, un vieil homme solennel, totalement impuissant et atterré, enveloppé dans un long pardessus usé pour se protéger contre la chaleur de ce jour de septembre. Ses yeux fuyaient constamment à cause de sa nervosité, et lorsque je pris le sac et le parapluie de ses mains, il commença à tirer sans cesse sur sa barbe grise éparse, si bien qu'il me fut difficile de lui ôter son manteau. Il était sur le point de défaillir, donc je le conduisis dans la salle de musique et le fis asseoir pendant que je commandais quelque chose à manger. Mais il ne toucha pas à la nourriture, et le verre de lait se renversa dans sa main tremblante.

— Je l'ai vu dans le journal de Chicago, dit-il. Toute l'histoire y était relatée. Je suis parti sur-le-champ.

— J'ignorais comment vous contacter.

Son regard, ne voyant rien, bougeait continuellement dans la pièce.

— C'était un fou, constata-t-il. Il devait être fou.

— Voudriez-vous un peu de café ? l'incitai-je.

— Je ne veux rien. Je me sens mieux à présent, Monsieur…

— Carraway.

— Bien, je me sens mieux. Où ont-ils mis Jimmy ?

Je le menai dans le salon, où son fils reposait, et le laissai dans la pièce. Quelques petits garçons avaient gravi les marches et observaient le couloir ; lorsque je leur dis qui venait d'arriver, ils s'éloignèrent à contrecœur.

Après quelques instants, M. Gatz ouvrit la porte et sortit avec la bouche entrouverte, le visage légèrement rougi, les yeux perdus dans le vague et des larmes tardives. Il avait atteint un âge où la mort ne représentait plus une terrible surprise, et à cet instant, lorsqu'il regarda autour de lui pour la première fois et vit la taille et la splendeur du hall ainsi que les grandes pièces auxquelles il menait, son deuil commença à se mélanger à une fierté émerveillée. Je l'aidai à atteindre une chambre à l'étage ; lorsqu'il retira son manteau et sa veste, je l'informai que toutes les dispositions avaient été reportées jusqu'à son arrivée ici.

— Je ne savais pas ce que vous souhaiteriez, M. Gatsby…

— Mon nom est Gatz.

— … M. Gatz. Je pensais que vous aimeriez rapatrier le corps à l'Ouest.

Il secoua la tête.

— Jimmy a toujours préféré l'Est. C'est là qu'il s'est élevé à son rang. Étiez-vous un ami de mon garçon, Monsieur… ?

— Nous étions très proches.

— Il avait un grand avenir devant lui, vous savez. Ce n'était qu'un jeune homme, mais il possédait une immense intelligence.

Il toucha théâtralement sa tête, et j'acquiesçai.

— S'il avait vécu, il aurait été un grand homme. Comme James J. Hill. Il aurait contribué à construire le pays.

— C'est vrai, répondis-je, mal à l'aise.

Il tritura le couvre-lit brodé, essayant de le retirer du lit, et s'allongea avec raideur – il s'endormit aussitôt.

Ce soir-là, une personne visiblement effrayée appela, et exigea de connaître mon identité avant de me donner son nom.

— C'est M. Carraway, dis-je.

— Oh !

Il sembla soulagé.

— C'est Klipspringer.

J'étais également apaisé, car cela semblait promettre un autre ami aux funérailles de Gatsby. Je ne souhaitais pas qu'elles parussent dans les journaux, ce qui attirerait une foule de touristes, donc j'avais téléphoné à quelques personnes moi-même. Elles étaient difficiles à trouver.

— L'enterrement a lieu demain, l'informai-je. Quinze heures, chez lui. J'espère que vous pourrez faire passer le mot à quiconque voudrait être présent.

— Oh, je le ferai, répliqua-t-il hâtivement. Bien sûr, je ne verrai probablement personne, mais sait-on jamais.

Le ton de sa voix me rendit soupçonneux.

— Bien entendu, vous serez là.

— Eh bien, j'essaierai, soyez-en certain. La raison pour laquelle j'appelle est…

— Attendez une seconde, l'interrompis-je. Que diriez-vous de me confirmer que vous viendrez ?

— Eh bien, c'est-à-dire que… la vérité, c'est que je reste avec quelques personnes à Greenwich, et ils attendent plus ou moins de moi que je sois avec eux demain. En fait, il y a une sorte de pique-nique ou quelque chose de ce genre. Bien sûr, je ferai mon possible pour m'en défaire.

Je m'exclamai d'un libre « Hum ! » et il dut m'entendre, car il poursuivit avec nervosité :

— J'appelais au sujet d'une paire de chaussures que j'ai laissée là. Je me demandais s'il ne vous dérangerait pas de me les faire envoyer par le majordome. Vous comprenez, ce sont des tennis, et je suis en quelque sorte perdu sans elles. Mon adresse est : Chez B. F…

Je n'entendis pas le reste du nom, car je raccrochai le combiné.

Après cela, je ressentis une certaine honte envers Gatsby – un gentleman à qui j'avais téléphoné avait sous-entendu qu'il avait eu ce qu'il méritait. Cependant, c'était ma faute, car c'était l'un de ceux qui critiquaient Gatsby avec le plus d'amertume, avec un courage donné par l'alcool de ce dernier ; j'aurais dû savoir qu'il ne valait mieux pas le contacter.

Le matin de l'enterrement, je me rendis à New York pour voir Meyer Wolfshiem ; je ne pouvais visiblement le contacter autrement. La porte que j'ouvris, sur les conseils d'un garçon d'ascenseur, était estampillée « The Swastika Holding Company », et au premier abord, il semblait n'y avoir personne à l'intérieur. Mais lorsque je criai « Bonjour » de nombreuses fois en vain, une querelle éclata derrière une cloison, et à cet instant, une magnifique Juive apparut par une porte intérieure et me scuta avec des yeux noirs hostiles.

— Il n'y a personne, dit-elle. M. Wolfshiem s'est rendu à Chicago.

La première partie de cette affirmation était manifestement fausse, car quelqu'un avait commencé à siffloter – faux – *The Rosary*, à l'intérieur.

— Veuillez l'informer que M. Carraway souhaite le voir.

— Je ne peux le ramener de Chicago, vous savez ?

À cet instant, une voix, indéniablement celle de Wolfshiem, appela « Stella ! » de l'autre côté de la porte.

— Laissez votre nom sur le bureau, dit-elle rapidement. Je le lui donnerai lorsqu'il reviendra.

— Mais je sais qu'il est là.

Elle avança d'un pas vers moi et commença à faire glisser ses mains sur ses hanches avec indignation.

— Vous, les jeunes, vous pensez que vous pouvez entrer de force ici quand cela vous chante, gronda-t-elle. Nous en avons ras le bol. Si je vous dis qu'il est à Chicago, c'est qu'*il est à Chicago*.

Je mentionnai Gatsby.

— Oh… !

Elle me dévisagea de nouveau.

— Pourriez-vous… Quel est votre nom ?

Elle disparut. Quelques instants plus tard, Meyer Wolfshiem se tint solennellement dans l'encadrement de la porte, tendant ses deux mains. Il me conduisit dans son bureau, faisant remarquer d'une voix respectueuse que c'était un moment bien triste pour nous tous, et m'offrit un cigare.

— Mes souvenirs me ramènent au jour où je l'ai *rengontré* pour la première fois, dit-il. Un jeune commandant à peine sorti de l'armée et couvert de médailles obtenues à la guerre. Il était si fauché qu'il devait *gontinuer* à porter son uniforme car il ne pouvait s'offrir de nouveaux vêtements. La première fois *gue* je l'ai vu, c'était lorsqu'il s'était rendu à la salle de billard de Winebrenner, sur la 43e Rue, et avait proposé ses services. Il n'avait rien mangé depuis un jour ou deux. « Venez, je vous invite à déjeuner », ai-je dit. Il dévora pour plus de quatre dollars de nourriture en une demi-heure.

— Vous l'avez fait entrer dans les affaires ? demandai-je.

— Fait entrer ? Je l'ai entièrement construit.

— Oh.

— Je l'ai élevé en partant de rien, en le sortant du caniveau. J'avais tout de suite vu qu'il s'agissait d'un jeune homme qui présentait bien, raffiné, et lorsqu'il m'a dit qu'il avait étudié à *Oggsford*, j'ai su qu'il pourrait bien me servir. Je l'ai encouragé à rejoindre la Légion américaine et il y obtint de grandes distinctions. Tout de suite, il accomplit *guelgue* travail pour un de mes clients en Albanie. Nous étions comme les deux doigts de la main pour tout, toujours ensemble, dit-il avant de mimer ses dernières paroles en levant deux doigts bulbeux.

Je me demandai si cette association avait inclus la transaction de la Série mondiale en 1919.

— À présent, il est mort, conclus-je après un moment. Vous étiez son ami le plus proche, donc je sais que vous souhaiterez venir à ses funérailles cet après-midi.

— J'aimerais venir.

— Alors faites.

Les poils dans son nez frémirent légèrement, et alors qu'il secouait la tête, ses yeux se remplirent de larmes.

— Je ne peux pas – je ne peux pas y être mêlé, dit-il.

— Il n'y a rien à quoi être mêlé. Tout est fini, maintenant.

— Quand un homme se fait tuer, je n'aime pas y être mêlé de *guelgue* manière que ce soit. Je reste à l'écart. Lorsque j'étais jeune homme, c'était différent – si un de mes amis mourait, je restais avec lui jusqu'au bout, le reste importait peu. Vous trouvez peut-être cela sentimental, mais je le pense – jusqu'au bout.

Je compris que pour une raison qui était sienne, il était déterminé à ne pas venir, donc je me levai.

— Sortez-vous de l'université ? s'enquit-il soudain.

Pendant un instant, je pensais qu'il allait suggérer une « relation professionnelle », mais il se contenta de hocher la tête et de me serrer la main.

— Que cela nous apprenne à montrer notre amitié à un homme lorsqu'il est en vie, et non après sa mort, insinua-t-il. Après cela, ma propre règle est de ne jamais me mêler de rien.

Lorsque je quittai son bureau, le ciel s'était assombri, et je retournai à West Egg à travers la bruine. Après avoir changé de vêtements, je me rendis chez mon voisin et trouvai M. Gatz faisant frénétiquement les cent pas dans le hall. La fierté qu'il ressentait vis-à-vis de son fils et de ses biens croissait continuellement, et à cet instant, il avait quelque chose à me montrer.

— Jimmy m'a envoyé cette photo.

Il sortit son portefeuille avec des doigts tremblants.

— Regardez.

C'était une photographie de la maison, aux coins craquelés et salie par de nombreuses mains. Il me souligna chaque détail avec enthousiasme. « Regardez ici », puis il cherchait l'admiration dans mon regard. Il l'avait montrée tant de fois que je pense que la photo lui était à présent plus réelle que la maison elle-même.

— Jimmy me l'a envoyée. Je trouve que c'est une très belle photo. Elle ressort bien.

— Très bien. L'aviez-vous vu récemment ?

— Il est venu me voir il y a deux ans et m'a acheté la maison dans laquelle je vis. Bien sûr, nous étions fauchés lorsqu'il est parti de la maison, mais je vois maintenant qu'il y avait une raison à cela. Il savait qu'il avait un grand avenir devant lui. Et depuis sa réussite, il a été très généreux avec moi.

Il paraissait réticent à se séparer de la photo ; il la tint une minute de plus, en s'attardant, devant mes yeux. Puis il rangea son portefeuille et sortit de sa poche un vieux livre en lambeaux dont le titre était *Hopalong Cassidy*.

— Tenez, c'est un livre qu'il possédait enfant. Juste pour vous montrer.

Il l'ouvrit par la quatrième de couverture et le tourna pour que je pusse lire. Sur la dernière page de garde étaient imprimés les mots « EMPLOI DU TEMPS », ainsi que la date du 12 septembre 1906. Et en dessous :

Lever	6 h
Haltères et escalade	6 h 15 – 6 h 30
Étude électricité, etc.	7 h 15 – 8 h 15
Travail	8 h 30 – 16 h 30
Baseball et sport	16 h 30 – 17 h
Pratique élocution, maintien et comment l'atteindre	17 h – 18 h
Étude inventions nécessaires	19 h – 21 h

RÉSOLUTIONS GÉNÉRALES

– Ne pas perdre de temps chez Shafters ou [*un nom, indéchiffrable*]
– Ne plus fumer ni chiquer
– Prendre un bain tous les deux jours
– Lire un livre ou magazine inspirant par semaine
– Épargner ~~5 $~~ 3 $ par semaine
– Mieux me comporter avec les parents

— Je suis tombé par hasard sur ce livre, dit le vieil homme. Ça en dit long.

— Oui, ça en dit long.

— Jimmy était voué à réussir. Il avait toujours des résolutions de ce genre. Vous avez remarqué comme il s'intéressait au fait d'ouvrir son esprit ? Il était toujours bon en cela. Une fois, il m'avait dit que je mangeais comme un porc, et je l'ai frappé pour ça.

Il hésitait à fermer le livre, lisant chaque phrase à voix haute, puis tournait son regard passionné vers moi. Je crois que, quelque part, il attendait de moi que je recopiasse la liste pour en faire moi-même usage.

Un peu avant quinze heures, le pasteur luthérien arriva de Flushing, puis je commençai à regarder par la fenêtre sans m'en rendre compte, espérant voir d'autres voitures. Le père de Gatsby fit de même. Et alors que le temps passait et que les domestiques entraient et attendaient dans le hall, il commença à cligner des yeux avec anxiété, puis il parla de la pluie sur un ton inquiet et incertain. Le pasteur jeta plusieurs coups d'œil à sa montre, donc je le pris à part et lui demandai d'attendre une demi-heure. Mais cela ne servit à rien. Personne ne vint.

***

À environ dix-sept heures, notre cortège de trois voitures atteignit le cimetière et s'arrêta dans un épais crachin à côté de la grille – en premier le corbillard, horriblement noir et mouillé, puis M. Gatz, le pasteur et moi-même dans la limousine, et un peu plus loin, quatre ou cinq domestiques, ainsi que le facteur de West Egg, dans le break de Gatsby, tous trempés jusqu'aux os. Alors que nous passions la grille pour entrer dans le cimetière, j'entendis une voiture s'arrêter, puis le bruit de pas courant après nous sur le sol trempé. Je me retournai. C'était l'homme aux yeux de hibou que j'avais trouvé un soir dans la librairie en train de s'extasier devant les livres de Gatsby, trois mois auparavant.

Je ne l'avais pas revu depuis. J'ignore comment il avait su pour les funérailles, pas plus que je ne connaissais son nom. La pluie dégoulinait de ses lunettes aux verres épais ; il les retira et les essuya afin de voir la toile protectrice déroulée sur la tombe de Gatsby.

J'essayai de penser à Gatsby pendant un instant, mais il était déjà bien trop loin, et je me rappelais seulement, sans ressentiment, que Daisy n'avait envoyé ni message ni fleur. J'entendis vaguement quelqu'un murmurer : « Bénis sont les morts sur lesquels tombe la pluie », puis l'homme aux yeux de hibou dit : « Amen » d'une voix courageuse.

Nous revînmes rapidement aux voitures sous la pluie. Yeux-de-Hibou me parla à la grille.

— Je n'ai pas pu me rendre chez lui, informa-t-il.

— Comme tout le monde.

— Vraiment ?!

Il sursauta.

— Mon Dieu ! Ils envahissaient sa pelouse par centaines.

Il enleva ses lunettes et les essuya à nouveau, des deux côtés.

— Le pauvre vieux, conclut-il.

***

L'un de mes souvenirs les plus nets est d'être revenu dans l'Ouest après mon lycée privé et plus tard de l'université pour Noël. Ceux qui partaient plus loin que Chicago se réunissaient dans la vieille gare mal éclairée de Union à dix-huit heures un soir de décembre, avec quelques amis de Chicago, déjà pris dans leurs réjouissances des fêtes, pour leur dire hâtivement au revoir. Je me rappelle les manteaux de fourrure des filles revenant du pensionnat de Miss Ceci-ou-Cela, les bavardages laissant échapper de l'air gelé, les mains faisant des signes en l'air alors que nous apercevions de vieilles connaissances, ainsi que les rivalités dans les invitations : « Tu vas chez les Ordway ? les Hersey ? les Schultze ? », les longs tickets verts tenus fermement par nos mains gantées. Et enfin les wagons d'un jaune sombre de la voie ferrée de Chicago, Milwaukee et Saint-Paul, qui avaient l'air aussi joyeux que Noël lui-même, sur les rails à côté des portes.

Lorsque nous nous retirâmes dans la nuit d'hiver et que la vraie neige, la nôtre, commençait à s'étendre à côté de nous et à scintiller contre les vitres, et que les faibles lumières de petites gares du Wisconsin défilaient, une accolade vive et sauvage apparaissait soudain dans l'air. Nous en prenions de grandes inspirations alors que nous revenions de la voiture-restaurant dans les vestibules glacés, indiciblement conscients de notre identité dans ce pays à une heure étrange, avant de nous y fondre de nouveau sans le distinguer.

Voilà mon Middle West – non le blé, les prairies ou les villes suédoises perdues, mais les trains retours frissonnants de ma jeunesse, les lampadaires et les grelots dans l'obscurité givrée, les ombres de couronnes de houx jetées sur la neige par des fenêtres éclairées. Je fais partie de cela, un peu solennel avec la sensation de ces longs hivers, un peu complaisant d'avoir grandi dans la maison des Carraway, dans une ville où les demeures étaient encore appelées, à travers les décennies, par un nom de famille. Je vois à présent qu'il s'agissait d'une histoire de l'Ouest, finalement – Tom et Gatsby, Daisy, Jordan et moi, nous étions tous des Occidentaux, et peut-être avions-nous quelque faiblesse en commun, qui nous rendit subtilement incapables de nous adapter à la vie de l'Est.

Même lorsque l'Est m'excitait le plus, même lorsque j'étais profondément conscient de sa supériorité aux villes ennuyantes, tentaculaires et gonflées au-delà de l'Ohio, avec leurs interminables inquisitions qui n'épargnaient que les enfants et les personnes âgées – même là, il possédait toujours une qualité de déformation pour moi. West Egg, en particulier, figure toujours dans mes rêves les plus fous. Je le vois comme une scène nocturne peinte par El Greco : une centaine de maisons, d'abord conventionnelles et grotesques, tapies sous un ciel maussade les surplombant et une lune sans éclat. Au premier plan, quatre hommes solennels vêtus de costumes marchent le long du trottoir avec un brancard sur lequel est allongée une femme ivre dans une robe de soirée blanche. Sa main, qui pend sur le côté, brille de joyaux froids. Les hommes se rendent, l'air grave, dans une maison – la mauvaise. Mais personne ne connaît le nom de la femme, et tout le monde s'en fiche.

Après la mort de Gatsby, pour moi, l'Est était hanté de cette façon, déformé au-delà de la correction de mes yeux. Donc, lorsque la fumée bleue des feuilles fragiles habitait l'air et que le vent raidissait en soufflant les vêtements étendus sur la corde à linge, je décidai de rentrer chez moi.

Il me restait une chose à faire avant de partir ; une chose embarrassante, désagréable qu'il aurait peut-être mieux valu éviter. Mais je voulais laisser les choses en ordre et non pas simplement espérer que cette mer aimable et indifférente balaierait mon refus. Je vis Jordan Baker et lui parlai de ce qu'il s'était passé entre nous, puis ce qu'il m'était arrivé après ; elle écouta sans bouger, assise dans un grand fauteuil.

Elle portait des habits de golf, et je me rappelle avoir pensé qu'elle ressemblait à une belle illustration : son menton légèrement relevé avec une élégance désinvolte, ses cheveux de la couleur d'une feuille d'automne, son visage de la même teinte brune que la mitaine posée sur son genou. Lorsque je terminai mon récit, elle me lança sans détour qu'elle était fiancée à un autre. J'en doutais, même si elle aurait pu se fiancer à bien des hommes d'un simple hochement de tête, mais je fis mine d'être surpris. Pendant une minute, je me demandai si je ne faisais pas une erreur, puis j'y repensai encore une fois rapidement et me levai pour lui dire au revoir.

— Il n'empêche que tu as rompu avec moi, répliqua soudain Jordan. Tu m'as quittée par téléphone. Je me fiche totalement de toi, à présent, mais c'était une nouvelle expérience pour moi, et je me suis sentie légèrement étourdie pendant un temps.

Nous nous serrâmes la main.

— Oh, et te rappelles-tu une conversation que nous avons eue à propos de conduire une voiture ? ajouta-t-elle.

— Eh bien… pas vraiment.

— Tu as dit qu'un mauvais conducteur n'était en sécurité que jusqu'à ce qu'il en rencontre un autre ? Eh bien, j'en ai rencontré un autre, n'est-ce pas ? Je veux dire qu'il était imprudent de ma part de me tromper à ce point. Je pensais que tu étais un homme droit et honnête. Je croyais que c'était là ta fierté secrète.

— J'ai trente ans, répondis-je. J'ai cinq ans de trop pour me mentir et appeler cela de l'honneur.

Elle ne répondit rien. En colère, à moitié amoureux d'elle, et terriblement désolé, je m'en allai.

***

Un après-midi à la fin du mois d'octobre, je vis Tom Buchanan. Il arrivait en face de moi le long de la 5e Avenue avec sa démarche vigilante et agressive, ses mains légèrement éloignées de son corps comme pour repousser les intrusions, sa tête bougeant brusquement de-ci de-là, s'adaptant à ses yeux agités. Alors que je ralentissais afin d'éviter de le dépasser, il s'arrêta et fronça les sourcils devant la vitrine d'une bijouterie. Soudain, il me vit et revint sur ses pas, tendant sa main.

— Qu'y a-t-il, Nick ? Tu refuses de me serrer la main ?

— Oui. Tu sais ce que je pense de toi.

— Tu es fou, Nick, dit-il rapidement. Fou à lier. Je ne comprends pas ce qui te prend.

— Tom, qu'as-tu dit à Wilson cet après-midi-là ? demandai-je.

Il me fixa sans un mot, et je sus que j'avais vu juste quant à ces heures perdues. Je commençai à tourner les talons, mais il fit un pas vers moi et m'attrapa le bras.

— Je lui ai dit la vérité, répondit-il. Il s'est présenté à notre porte alors que nous nous préparions à partir, et quand j'ai fait passer le message que nous n'étions pas là, il a essayé de monter à l'étage par la force. Il aurait été assez fou pour me tuer si je ne lui avais pas dit à qui appartenait la voiture. Sa main était posée sur un revolver dans sa poche tout le temps où il était dans la maison…

Il enchaîna d'un ton de défi :

— Et si je le lui avais dit, quelle différence ? Ce gars-là, ça lui pendait au nez. Il t'a aveuglé comme il l'a fait avec Daisy, mais c'était un homme robuste. Il a roulé sur Myrtle comme sur un chien et n'a jamais arrêté sa voiture.

Je ne pouvais rien dire, sauf le seul fait indicible que c'était faux.

— Et si tu crois que je n'ai pas eu mon lot de souffrances – tu vois, quand je suis allé rendre l'appartement et que j'ai vu cette saleté de boîte de biscuits pour chiens, posée là, sur le buffet, je me suis assis et j'ai pleuré comme un bébé. Mon Dieu, c'était atroce…

Je ne pouvais ni le pardonner ni éprouver de la sympathie pour lui, mais je voyais que ce qu'il avait fait était, pour lui, totalement justifié. Tout ceci n'était que négligence et confusion. Tom et Daisy étaient des personnes négligentes – ils brisaient des choses et des êtres, puis se réfugiaient dans leur argent ou leur vaste négligence, ou quoi que ce fût qui les tenait ensemble, et laissaient les autres nettoyer le bazar qu'ils avaient causé…

Je lui serrai la main ; cela paraissait idiot de ne pas le faire, car j'eus soudain l'impression que je m'adressais à un enfant. Puis il entra dans la bijouterie pour acheter un collier de perles – ou peut-être une paire de boutons de manchette – débarrassé pour toujours de ma sensibilité provinciale.

***

La maison de Gatsby était toujours vide lorsque je partis – l'herbe de sa pelouse était devenue aussi longue que la mienne. Un des chauffeurs de taxi du village ne passait plus jamais avec un client devant la grille sans s'arrêter une minute et pointer l'intérieur du doigt ; c'était peut-être lui qui avait conduit Daisy et Gatsby à East Egg le soir de l'accident, et peut-être en avait-il inventé une histoire tout seul. Je ne souhaitais pas l'entendre et l'évitai lorsque je sortis du train.

Je passai mes samedis soir à New York, car ses fêtes étincelantes et éblouissantes étaient encore si vives dans ma mémoire que je pouvais encore entendre la musique et les rires, faibles et continus, dans son jardin, et les voitures montant et descendant son allée. Un soir, j'y entendis une véritable voiture, et vis ses phares s'arrêter devant les marches du perron. Mais je ne menai pas mon enquête. C'était sans doute un dernier invité qui était parti au bout du monde et n'était pas au courant que la fête était finie.

La dernière nuit, ma valise faite et ma voiture vendue à l'épicier, je passai devant la propriété et regardai cette maison, immense échec incohérent, une fois de plus. Sur les marches blanches, un mot obscène, gribouillé par un garçon avec un morceau de brique, ressortait sous la lumière de la lune ; je l'effaçai, frottant ma chaussure qui grinçait le long de la pierre. Puis je déambulai vers la plage et m'étendis sur le sable.

La plupart des grandes plages étaient actuellement fermées, et il n'y avait que peu de lumière, excepté la lueur sombre et mouvante d'un ferry de l'autre côté du Sound. Et alors que la lune montait plus haut, les maisons superflues commençaient à fondre jusqu'à ce que je prisse progressivement conscience de la vieille île qui avait fleuri ici aux yeux de marins néerlandais, il fut un temps – un cœur frais et vert du nouveau monde. Ses arbres disparus, ceux qui avaient laissé la place à la maison de Gatsby, avaient un temps flatté de leurs murmures le dernier et le plus grand de tous les rêves humains ; pour un moment transitoire enchanté, l'Homme avait dû retenir son souffle en présence de ce continent, contraint à une contemplation esthétique qu'il ne comprenait ni ne désirait, face à quelque chose, pour la dernière fois de l'Histoire, de proportionnel à sa capacité à s'émerveiller.

Et alors que j'étais assis là, ruminant sur le vieux monde inconnu, je pensai à l'émerveillement de Gatsby lorsqu'il avait identifié pour la première fois la lumière verte au bout du quai de Daisy. Il avait fait un long chemin pour arriver à cette pelouse bleue, et son rêve avait dû sembler si près qu'il n'avait que très peu de chances de ne pouvoir le saisir. Il ignorait qu'il était déjà derrière lui, quelque part dans la vaste obscurité au-delà de la ville, où les champs sombres de la République se déroulaient sous la nuit.

Gatsby croyait en la lumière verte, l'avenir extatique qui recule devant nous année après année. À ce moment-là, il nous échappa, mais cela n'a aucune importance – demain, nous courrons plus vite, étendrons nos bras plus loin… Et un beau matin…

Donc nous luttons, comme des bateaux contre le courant, sans cesse de nouveau portés vers le passé.

À découvrir

La version illustrée incluant la nouvelle traduction et la version originale du texte

Suivez **JDH Éditions** sur les réseaux sociaux
pour en savoir plus sur les auteurs,
les nouveautés, les projets…

Inscrivez-vous à notre Newsletter sur
www.jdheditions.fr
Pour recevoir l'actualité de nos nouvelles
parutions